LE MILLIARDAIRE GRINCHEUX

PÈRE, CÉLIBATAIRE ET AUTORITAIRE LIVRE 1

WILLOW FOX

ALLISON WEST

SLOWBURN
PUBLISHING

Le Milliardaire Grincheux

Père, célibataire et autoritaire Livre 1

Willow Fox

Publié par Slow Burn Publishing

© 2023

Traduction par sarahlrnt

Relecture par marie_frcy

vi

Couverture par Slow Burn Publishing

Cover Design by MiblArt

CHAPITRE UN

Levi

« Un milliardaire grincheux cherche désespérément une nounou pour sa fille de cinq ans. Attendez-vous à travailler tard le soir, à ne pas avoir de vie sociale, à pleurer beaucoup, à ne pas boire d'alcool, à ne pas prendre de drogues, à ne pas faire la fête et à ne pas vous amuser. »

C'est l'annonce qui a été publiée ce matin. Mon assistante, lassée de mon mauvais caractère, a décidé de me faire goûter à ma propre médecine. Je n'arrive pas à croire que Nancy ait pensé que c'était ce que je voulais que l'annonce dise. Essaie-t-elle d'attirer toutes les michetonneuses du coin ?

Je dois admettre que je ne suis pas toujours tendre avec mon assistante. Je la fais souvent répondre à des appels d'anciennes filles pour leur dire que je ne suis pas intéressé.

Est-ce que c'est sa façon de se venger ?

Je réponds à mon téléphone. C'est mon assistante.

— Quoi ?

— Vous avez reçu le texto annonçant l'annulation de votre vol de retour ?

— Non, grogné-je en mettant Nancy en haut-parleur pendant que j'ouvre mes messages.

Il y a des dizaines, voire plus, de courriels qui ont été ignorés.

Je suis un homme très occupé et je n'ai pas eu le temps de me consacrer à mon travail au cours des dernières quarante-huit heures. Je viens de découvrir que je suis père, et la petite fille a été placée dans une famille d'accueil temporaire après le décès de sa mère dans un accident de voiture.

Mon avocat s'est occupé du test ADN et j'ai vu la vérité sur papier. De toutes manières, après avoir regardé la jeune fille, dont les yeux sont aussi bleus que les profondeurs de l'océan, je sais que cette enfant est sans aucun doute la mienne. Elle a les cheveux blonds et la carrure de Katelyn et son acte de naissance porte bien mon nom en tant que père. Aussi, sa date de naissance correspond à l'époque où Katelyn et moi étions ensemble.

Amelia n'a pas dit pas un mot depuis que je l'ai rencontrée. Je suis sûr qu'elle parle, mais le silence est plus lourd que tout ce que j'aurais pu imaginer.

Je devine que c'est parce qu'elle est en deuil.

Moi aussi.

Mais pour des raisons différentes.

Je ne suis pas prêt à être père.

Je jette un coup d'œil à la petite fille assise en face de moi. Elle ne touche pas à son petit déjeuner. J'ai pratiquement commandé tout le menu parce qu'elle a refusé de donner sa commande à la serveuse.

— Je peux vous réserver deux billets de première classe directs de O'Hare à JFK.

— Informez Douglas de la situation du voyage et qu'il faudra venir nous chercher à JFK.

— Je m'en occupe, dit Nancy. Je vous enverrai les détails du vol par SMS.

— Je déteste les vols commerciaux.

— Je suis désolé, M. Luxenberg.

— Oui, moi aussi.

Je raccroche et range mon téléphone dans la poche de ma veste.

Amelia me regarde fixement, ses pancakes intacts. Tout comme le milkshake à la fraise, avec la crème fouettée qui dégouline sur le côté du verre.

Je lui vole un morceau de bacon, et ses yeux se rétrécissent comme si c'était à elle et que je ne devais pas y toucher. Mais elle ne me dit rien.

Je n'ai droit qu'à un silence supplémentaire. Je préférerais presque qu'elle crie, hurle, pleure et fasse une crise de colère. Non pas que je sois capable de gérer ce genre de crise, mais le silence me fait tellement mal au cœur.

Je ne sais plus où j'en suis, et j'ai désespérément besoin d'une nounou, de quelqu'un qui sache s'y prendre avec les enfants.

Mon téléphone émet un bip dans ma poche et je l'attrape, jetant un coup d'œil au SMS de Nancy confirmant l'assignation des sièges. Nous sommes tous les deux sur le même vol, mais Amelia est assignée à la rangée devant moi.

Les sièges ne sont pas ensemble.

— Merde !

Les yeux d'Amelia s'écarquillent et sa mâchoire se décroche alors qu'elle me fixe.

— Ne dis pas ce mot, la grondé-je avant qu'elle ne puisse le répéter.

Nous finissons et nous nous dirigeons directement vers l'aéroport. Je n'ai pas de bagage à enregistrer, seulement une valise de cabine et un sac à dos. La petite n'est pas venue avec beaucoup de vêtements, seulement un petit sac à dos avec une poignée de tenues.

Hier soir et ce matin encore, Amelia refuse de quitter son tutu à froufrous rose vif, ses collants blancs et son tee-shirt de la même couleur C'est étonnant qu'il soit encore propre après qu'elle a dormi à l'hôtel.

Têtue.

Une autre raison pour laquelle j'ai besoin d'une nounou. Je ne suis pas la personne la plus patiente.

Nous embarquons tôt dans l'avion, et j'explique à l'hôtesse de l'air la disposition de nos sièges. Le vol est plein, mais la femme assise à côté de moi propose gentiment de changer de place. Elle est mignonne, avec de longs cheveux blonds et une silhouette généreuse qui m'attire le regard.

— Bonjour, je m'appelle Clare, dit-elle en souriant à Amelia.

Amelia serre plus fort sa licorne en peluche. Sa crinière est arc-en-ciel et scintillante, c'est le seul jouet qu'elle a apporté avec elle.

— Elle est timide, dis-je, sans vouloir expliquer à cette étrangère le traumatisme récent qu'elle a subi.

— J'étais timide aussi quand j'avais son âge, dit Clare, les yeux entièrement rivés sur Amelia. C'est comme si je n'existais pas.

— Comment s'appelle ton amie ? demande-t-elle en désignant la licorne.

Clare se glisse dans sa nouvelle rangée devant nous dans l'avion. Elle ne s'assoit pas, mais s'appuie sur l'appui-tête, essayant de dialoguer avec Amelia.

Amelia ne répond pas, mais je réponds à sa place. Et c'est plutôt mordant.

— C'est assez de questions pour aujourd'hui, dis-je en me mettant en colère

Je lui fais signe de se retourner sur son siège.

— Vous n'avez pas besoin d'être impolie, dit Clare en se retournant et en s'asseyant sur son siège.

Le nez d'Amelia se fronce, et je ne peux pas savoir ce qu'elle pense. Elle porte la licorne à son visage et sa bouche bouge doucement, mais je ne peux pas entendre ce qu'elle dit. C'est comme un secret entre elle et sa peluche.

Je ne m'excuse pas auprès de la fille assise dans la rangée devant nous. Peut-être que je devrais le faire puisqu'elle a eu la gentillesse de changer de place.

— Tu as déjà pris l'avion ? demandé-je à Amelia.

Elle ne me répond pas. Sa mère n'a pas toujours vécu à Chicago. Je l'ai rencontrée à New York. Nous avons vécu une brève histoire d'amour qui a brûlé très tôt.

Au décollage, Amelia s'accroche au fauteuil. Je pose ma main sur la sienne.

— C'est juste un peu cahoteux. C'est normal, lui dis-je.

Elle ne fait aucun signe de tête et ne dit rien qui puisse indiquer qu'elle me comprend. Sa mère, Katelyn, ne parlait pas d'autres langues, pour autant que je sache.

Lorsque nous atteignons notre altitude de croisière, l'hôtesse de l'air nous demande nos boissons. Je m'abstiens de boire de l'alcool. J'aimerais pourtant boire quelque chose de fort, mais cela ne m'aidera pas à oublier pourquoi j'étais à Chicago.

Je sors du sac à dos quelques menus pour enfants et des crayons de couleur. D'un côté, il y a des dessins à colorier avec le menu, et de l'autre, il n'y a rien. Heureusement, le restaurant nous en a donné en plus pour le vol. Je pose le tout sur la petite table devant Amelia et la laisse colorier.

Elle les regarde fixement, puis me jette un coup d'œil.

Je lui dis :

— Vas-y, tu peux colorier.

Je ne connais pas grand-chose aux enfants, et encore moins à leur éducation. Mon frère cadet, Connor, est un abruti, et Dieu merci, il n'a pas procréé.

J'ai essayé de m'occuper de lui. Je lui ai même donné un poste de manager à l'hôtel de New York. Mais il a le don de virer les bons employés ou de leur donner envie de démissionner. Mais je ne vais pas lui donner un salaire sans l'obliger à se rendre au travail cinq jours par semaine. Où puis-je le mettre ?

J'ai peut-être hérité de l'entreprise, mais je l'ai aussi transformée. Elle était à peine rentable quand je l'ai reprise après la mort de notre père. Je n'ai pas eu d'autre choix que de faire bouger les choses et d'améliorer la situation, car sinon, qui se serait occupé de maman ?

Papa m'a laissé l'entreprise, ce qui signifie que je devais m'occuper de ma mère et de mon jeune frère. Je ne suis pas un connard. Je n'ai mis aucun des deux à la rue, même si c'était tentant avec Connor.

Le voyant d'attachement de la ceinture s'éteint, et la fille de la rangée devant nous se retourne, observant Amelia.

— Qu'est-ce que tu dessines ? demande Clare.

Amelia fronce le nez. Le papier est complètement vierge.

— Et si tu faisais un dessin de ton père qui sera bientôt chauve.

— Je ne serai pas bientôt chauve, grogné-je.

Pourquoi ne peut-elle pas se retourner et s'occuper de ses affaires ?

— D'accord, dit Clare. Comment vous appelez ça, alors ?

Elle fait un geste au-dessus de sa tête, comme si ses cheveux s'élevaient à deux mètres de haut.

Amelia s'esclaffe et désigne ma tête.

— Cheveux de troll, dit-elle en riant.

Je suppose que c'est mieux que de se faire traiter de chauve à mon âge.

— Tu trouves que j'ai des cheveux de troll ?

Je force un sourire, reconnaissant d'avoir entendu la voix de la petite Amelia.

Celle-ci hausse les épaules, son sourire s'évanouit, et mon cœur se serre.

Je veux l'entendre rire et être insouciante. Elle a cinq ans. Elle devrait être folle de curiosité et bavarde. Ce côté silencieux est frustrant à gérer.

Clare nous fixe, et avant que j'aie le temps de comprendre ce qu'elle fait, ses doigts passent dans mes cheveux. Ils sont hérissés et se dressent sur ma tête.

Amelia s'esclaffe et sourit à pleines dents en pointant ma tête du doigt.

— Cheveux de troll.

— Tu peux me dessiner un troll ? demande Clare.

Amelia acquiesce et attrape le crayon violet, qu'elle tient fermement avant de commencer à colorier la feuille blanche.

Je pousse un soupir de soulagement et passe ma main dans mes cheveux en bataille, essayant de les remettre en place avant que notre avion n'atterrisse. Il y a suffisamment de journalistes à New York pour me repérer à la minute où je descends de l'avion, et je n'ai pas besoin de photos ridicules de moi avec des cheveux de troll dans les journaux et sur les réseaux sociaux.

Dans l'état actuel des choses, je vais devoir publier un communiqué de presse et faire une annonce publique au sujet d'Amelia avant d'être accablé d'accusations.

Clare me fait un sourire à mille feux, mais il est manifestement forcé. Elle se retourne et se dirige vers l'hôtesse de l'air en lui disant quelque chose à voix basse.

Leurs deux yeux s'accrochent à moi avant de se détourner.

J'ai l'habitude des regards et de la curiosité. Elle a dû comprendre que je suis le milliardaire Levi Luxenberg. J'ai fait la couverture de magazines et j'ai été interviewé par des célébrités. J'ai l'habitude de l'attention. D'habitude, je l'ignore.

Mais maintenant, je ne m'occupe plus seulement de moi. J'ai Amelia, et je ne peux pas garder ma fille secrète. Je dois juste demander à tout le monde de respecter notre vie privée.

Je garde un œil sur l'hôtesse de l'air une fois que Clare a regagné son siège, pour m'assurer que personne ne prend de photos d'Amelia et moi dans l'avion.

Trente minutes plus tard, Clare se retourne pour prendre des nouvelles de la petite.

— Comment avance le dessin ?

Amelia travaille toujours très dur sur son dessin de troll. Je ne m'attendais pas à grand-chose, mais la petite a un don. Elle ne répond pas à Clare, mais ce n'est pas grave car je sais qu'elle en est capable et qu'elle finira par parler quand elle sera prête.

L'hôtesse de l'air apporte à Clare une mini-bouteille de vodka qu'elle mélange à du jus d'orange et qu'elle tient tout en parlant. Je n'ai pas fait attention à ce qu'elle buvait devant nous, mais ce n'est pas la première fois qu'on lui sert un verre.

J'ai choisi de donner à Amelia un jus de pomme. Elle n'a bu que quelques gorgées.

Clare a les joues rouges et les lèvres brillantes.

— J'aimerais que nous puissions rester dans les airs pour toujours, continuer à voler.

— Pourquoi ? demande Amelia en levant les yeux de ses crayons.

Mon enfant semble être captivé par la femme éméchée assise dans la rangée devant nous. C'est très bien.

— Je ne veux pas affronter New York. Après un mariage sans amour et après avoir eu les couilles de quitter mon ex narcissique et émotionnellement abusif, je dois trouver un travail et une maison. J'ai été institutrice pendant six ans et j'ai adoré chaque minute. Mais dès que nous nous sommes mariés, il m'a fait quitter mon travail. Il n'aimait pas que je ne sois pas à la maison quand il n'y était pas. Il craignait que j'aie une vie en dehors de lui. Un connard jaloux...

Elle se met une main sur la bouche et regarde Amelia.

— Oops, je voulais dire un mec jaloux.

Elle ne se laisse pas décontenancer et continue de parler sans s'arrêter.

— Ma meilleure amie m'a permis de rester à Chicago avec elle pendant le divorce, mais je ne suis plus la bienvenue depuis qu'elle s'est mariée. Vous voyez pourquoi je préfère rester dans les airs et voler librement ?

— Et vous pensiez que dépenser de l'argent pour un billet d'avion en première classe serait intelligent ?

— Cela ne vous regarde pas, mais j'ai volé ces miles à mon ex.

Je lui offre un sourire en coin.

— Tant mieux pour vous.

Amelia regarde Clare, perplexe. J'imagine que la conversation lui échappe complètement.

— Quels sont vos projets lorsque vous arriverez à New York ? lui demandé-je.

Elle boit une gorgée de jus d'orange et de vodka dans le gobelet en plastique transparent.

— Je ne sais pas. Je suis en mode survie depuis huit mois. Mon ex m'a dépouillée avec le divorce. Je vais probablement retourner travailler dans un fast-food ou quelque chose comme ça et dormir dans une boîte en carton.

Amelia tend le dessin de troll à Clare.

— C'est pour moi ? demande-t-elle, les yeux écarquillés. Amelia acquiesce.

— Pourquoi ne le donnes-tu pas à ton père ? Je suis sûre qu'il aimerait l'accrocher sur le frigo.

— Je n'ai pas de père, murmure Amelia en fixant Clare.

Son commentaire me serre l'estomac.

— Je suis son père, dis-je en me raclant la gorge.

Clare me regarde fixement comme si elle ne me croyait pas.

— La petite ne pense manifestement pas que vous l'êtes. Je devrais peut-être m'asseoir avec elle.

— Pardon ?

Je suis consterné par sa suggestion.

— Tu veux que je m'assoie avec toi, ma chérie ? demande Clare à Amelia.

Amelia jette un coup d'œil de moi à Clare. La petite ne comprend pas ce qui se passe, pas plus que la femme assise une rangée devant nous. Amelia détache sa ceinture et passe au-dessus de moi pour sortir de la rangée. Je l'attrape par la taille. Ce n'est ni le moment ni l'endroit pour qu'elle soit libre.

— Monsieur, je vais devoir vous demander de retirer vos mains de la petite fille, dit l'hôtesse de l'air en échangeant un bref regard avec Clare.

— Pour l'amour du ciel, je suis son père !

— Vous devez vous calmer, monsieur, dit l'hôtesse.

Les yeux d'Amelia s'écarquillent et elle s'éloigne de moi après que je me suis emporté contre l'hôtesse de l'air. Elle grimpe sur les genoux de Clare, ce qui n'arrange rien.

— C'est ma fille, dis-je.

L'hôtesse se penche au niveau d'Amelia.

— Cet homme est-il ton père ? demande-t-elle à la petite fille.

Les yeux d'Amelia s'écarquillent, et elle regarde de moi à l'hôtesse. Nous sommes tous confrontés au silence.

Merde.

— Amelia, reviens à ta place, fulminé-je, en faisant de mon mieux pour ne pas élever la voix, mais ma mâchoire est crispée et mes mains se serrent en poings.

Je n'en veux pas à Amelia. Ce sont l'hôtesse de l'air et la blonde fouineuse qui ont décidé de se mêler de mes affaires. Amelia ne me répond pas, et pourquoi le ferait-elle ? Nous nous connaissons à peine. Ne comprend-elle pas que si elle me quitte, elle retournera dans une famille d'accueil ? Elle a dû être placée d'urgence dans une famille jusqu'à mon arrivée. Veut-elle y retourner ?

— Monsieur, asseyez-vous à votre place, dit l'hôtesse de l'air.

— C'est ainsi que vous traitez vos passagers de première classe ? Vous enlevez leurs enfants ?

— Vous avez raison, monsieur. Je m'excuse. Et si vous nous montriez des photos de votre fille sur votre téléphone ? Nous pourrons ainsi dissiper tout ce malentendu avant d'avoir à faire intervenir les autorités.

Amelia est sous ma garde depuis moins d'un jour. Je n'ai pas de photos d'elle sur mon téléphone.

— Je ne peux pas, dis-je.

Il n'y a pas non plus de courriels de l'assistante sociale concernant Amelia. Tout a été géré par téléphone ou par mon assistante.

— C'est ce que je pensais, dit l'hôtesse de l'air.

— Vous ne savez pas de quoi vous parlez.

Je me lève pour expliquer la situation sans qu'Amelia ne l'entende à nouveau.

— Monsieur, vous allez devoir vous asseoir. Nous allons bientôt atterrir.

Je grommelle et m'enfonce dans mon siège. Je jure que je ne prendrai plus jamais de vol commercial.

Le jeune homme qui occupait le siège 1A se faufile à côté de moi, échangeant sa place avec Amelia pendant que Clare boucle sa ceinture. C'est moi qui devrais attacher sa ceinture et m'occuper d'elle. C'est ma fille.

Au moment de l'atterrissage, l'équipage annonce que personne ne doit se lever de son siège parce qu'il y a eu un problème et qu'il faut faire monter les autorités dans l'avion. Diantre. Cette semaine pourrait-elle être pire ?

———

Les autorités sont amenées dans l'avion et me demandent de me lever et de les suivre.

— Seulement si ma fille m'accompagne, dis-je.

— Amelia n'est pas sa fille, dit Clare, provocante.

— C'est votre fille, madame ? demande l'officier.

— Non.

Au moins, Clare n'essaie pas de l'enlever.

J'attrape le sac à dos sur le sol et j'ouvre le compartiment supérieur pour y prendre mes bagages.

J'aide Amelia à se détacher et la soulève dans mes bras. Un bras tient ma fille contre ma hanche tandis que l'autre tire les bagages derrière moi.

Je ne laisserai personne s'interposer entre elle et moi.

— Nous réglerons cela dès que nous serons à l'intérieur, dit l'agent.

Clare nous suit, qu'elle y soit invitée ou non.

— Elle est obligée de venir ? demandé-je en désignant la blonde derrière moi.

— Oui, elle doit faire sa déposition pendant que nous enquêtons.

— Qu'est-ce qu'il y a à enquêter ? J'ai pris l'avion pour Chicago afin de récupérer ma fille. Vous voulez savoir où est sa mère ? Elle est morte.

Clare halète.

— Vous l'avez tuée ?

— Pardon ?

Je tourne sur mes talons.

— Non, je ne l'ai pas tuée, espèce de psychopathe. Elle est morte dans un accident de voiture.

Amelia éclate en sanglots et se tortille dans mes bras. À sa place, je voudrais moi aussi m'enfuir loin de moi.

Je ne la lâche pas, ma prise est ferme sans faire mal à la petite fille.

— Je sais, ma chérie. Tu manques aussi à ta maman, dis-je en essayant de la consoler.

Ses larmes se transforment en sanglots hystériques et elle cède, déversant son chagrin dans mon cou et ma poitrine.

Clare semble ne plus savoir où donner de la tête pendant un moment.

— Je suis désolée, dit-elle finalement en me tapotant maladroitement l'épaule.

Je jette un coup d'œil à sa main sur moi.

— Retirez votre main de mon épaule. Nous ne sommes pas amis. Vous n'êtes qu'une femme qui a trop bu et qui a décidé de lancer des accusations farfelues.

L'officier s'éclaircit la gorge alors que nous nous approchons de son bureau.

— Malheureusement, comme je vous ai fait sortir de l'avion, je dois rédiger un rapport et mener une enquête. Tout se passera bien si nous restons calmes, et vous pourrez tous repartir d'ici peu.

. . .

Ce n'est ni court ni rapide. Et rester calme n'est pas facile non plus.

Un officier recueille la déclaration de Clare tandis qu'Amelia est gardée avec moi dans une pièce séparée. Il n'y a pas de fenêtre donnant sur l'extérieur, seulement un miroir sans tain.

Je ne suis pas un terroriste.

Je n'ai pas enlevé ma fille.

C'est absurde.

Après que l'agent a confirmé qu'Amelia est légalement sous ma garde, on me dit que je peux partir. Il amène mon sac à dos et mon bagage à main dans la pièce, qui ont apparemment été fouillés sans ma permission.

Je referme les compartiments.

— Pas même des excuses.

Je suis dégoûté par leur traitement et leurs accusations sans fondement.

— Vous pouvez déposer une plainte auprès de...

— Oh, j'ai l'intention de le faire, en plus de vous poursuivre en justice, dis-je.

Je glisse le sac à dos sur mon épaule et soulève Amelia dans mes bras.

— Il est temps de rentrer à la maison, petite.

Je tire la poignée télescopique et je traîne le bagage à main derrière moi.

Amelia est redevenue silencieuse. Comment aurais-je pu m'attendre à autre chose après ma crise de colère à l'aéroport ? J'ai essayé tant bien que mal de garder mon sang-froid, mais se retrouver avec un enfant du jour au lendemain, c'est dur à porter. Et je ne parle pas de poids.

Nous sommes escortés hors des arrière-salles et entrons dans la zone principale de l'aéroport. Nous n'avons pas de bagages supplémentaires, alors je sors mon téléphone de ma poche et j'appelle mon chauffeur, Douglas, pour lui dire que nous sommes prêts.

Il est probablement en train d'attendre dans le parking le plus proche pour venir nous chercher. Je lui ai demandé d'acheter un siège auto spécial pour une fillette de cinq ans. Douglas a lui-même des enfants, je suppose donc qu'il savait quel type de siège auto acheter, alors que moi, je ne sais pas du tout. Il y en a trop pour que je sache lequel acheter.

Je raccroche, glisse mon téléphone dans ma poche et aperçois Clare qui se dirige vers la même sortie.

— Encore vous, fulminé-je.

Ses yeux sont brillants et lourds, de la couleur de l'eau de mer, d'un vert bleuté.

— Je suis désolée, dit Clare, mais cela ne sert à rien.

— Il est trop tard pour vos excuses.

J'enlève mon manteau, je l'enroule autour d'Amelia et je l'emmène dehors. C'est le mieux que je puisse faire en si peu de temps. Il fait assez chaud à Chicago pour un début d'octobre et je n'ai pas pensé à lui prendre une veste. Mais il est tard dans la nuit et l'air est frais.

J'enfile à nouveau le sac à dos et garde Amelia blottie contre ma poitrine. Entre la chaleur de nos corps et le manteau, elle a au moins assez chaud pour ne pas trembler. Heureusement, nous ne sommes pas encore en plein hiver.

Clare sort avec moi.

— Ecoutez, je suis vraiment désolée pour ce qui s'est passé plus tôt.

— J'ai compris. Vous vouliez protéger ma fille.

— Oui, dit Clare. Elle n'avait pas l'air d'être à l'aise avec vous. Il ne m'est jamais venu à l'esprit que c'était peut-être à cause de ce qui s'est passé.

Elle contourne les mots car je tiens Amelia dans mes bras.

— Je suis vraiment désolée, monsieur. Si je peux faire quoi que ce soit pour me faire pardonner. Je vous jure que je ne faisais que veiller à ses intérêts. On entend parler d'enfants kidnappés ou victimes de trafics, et je voulais juste aider.

— Excuses non acceptées. Vous avez essayé de me faire arrêter, ma chère. Comment expliquez-vous vos accusations sans fondement ?

Clare soupire lourdement.

— C'est moi qui suis à blâmer. C'est ma faute.

— Oui, c'est votre faute, dis-je en la fixant du regard. Et je me suis dit, wow, cette fille sait vraiment comment interagir avec les enfants. J'ai honte de m'être fait avoir par votre discours "pauvre de moi, je vais devenir sans-abri".

— Mon quoi ?

— Vivre dans une boîte en carton et retourner des hamburgers.

J'écoute un peu trop bien parfois.

Elle grimace quand je répète ses mots.

— Encore une fois, je suis désolée. Si je peux faire quoi que ce soit pour me faire pardonner, quoi que ce soit...

Amelia se tortille dans mes bras, tendant la main vers Clare.

— Non, ma chérie. Tu dois rester avec ton père, dit Clare.

Amelia se penche en arrière, pousse contre moi, s'efforçant de comprendre ce qui se passe. La journée a été fatigante. Elle veut descendre, et je serais d'accord avec ça si j'étais sûr que la petite ne se jettera pas devant une voiture.

J'ai des problèmes de confiance en ce moment, avec Clare et Amelia.

Amelia tend à nouveau les bras à Clare. La petite préfère cette étrangère à moi, même si je ne suis pas vraiment une personne qu'elle connaît non plus.

— Tu n'as vraiment pas d'endroit où loger ? demandé-je la mâchoire serrée.

Pourquoi cette question ? Pourquoi est-ce que j'envisage de lui offrir un toit ? Cette fille est un problème. Je devrais m'en aller et ne plus jamais la revoir. Ce serait mieux pour tout le monde.

— Je vais me débrouiller. Je pourrai négocier une place sur le canapé de mon amie. Je veux dire, en supposant que son fiancé de la mafia russe accepte.

Je tousse à ses mots.

— Tu n'es pas sérieuse.

Plus nous parlons à Clare, plus Amelia semble se calmer. Ma petite fille repose sa tête sur mon torse, observant la blonde sans jamais la quitter des yeux.

Et moi aussi. Elle est magnifique et sexy, mais elle m'irrite en même temps. Sans parler de la différence d'âge. Je dirais qu'elle a à peine dépassé la trentaine, et je viens d'atteindre la quarantaine.

C'est frustrant.

— J'aimerais bien plaisanter. Mais il est canon, et peut-être qu'il a un frère qui est disponible, dit Clare avec un sourire en coin.

Je prie pour qu'elle plaisante, mais quelque chose me dit le contraire.

— Absolument pas.

Je m'arrête un instant, hésitant à prononcer les mots suivants.

— J'ai besoin d'une nounou pour Amelia. Vous pouvez rester avec nous.

Elle a mentionné dans l'avion avoir passé six ans à travailler dans une école maternelle.

— Pardon ?

Ses yeux s'écarquillent et elle penche la tête, me regardant comme si j'avais perdu la mienne. Je pense que c'est le cas, après ce qui s'est passé aujourd'hui. Il est tard ; le manque de sommeil et le fait de me retrouver maintenant avec un enfant ont fait quelque chose dans mon esprit.

Ai-je tellement besoin d'une nounou que j'ai proposé à la fille de l'avion de travailler pour moi ?

— Vous serez logée et nourrie. Il y aura une période d'essai. Si vous ne foutez pas tout en l'air, je pourrais vous embaucher définitivement.

Amelia me regarde fixement, ses longs cils noirs se refermant. Elle semble se détendre dans mes bras, comme si le poids du monde venait d'être enlevé de sa poitrine.

Du mien aussi.

En supposant que Clare dise oui.

CHAPITRE DEUX

CLARE

— Vous voulez m'engager après ce qui s'est passé plus tôt ? demandé-je, en faisant un geste vers l'aéroport.

J'ai commis une grave erreur en mettant mon nez dans ses affaires.

Un SUV noir, spacieux et luxueux, s'arrête devant l'homme. Je ne sais toujours pas son nom. Il ne me l'a pas donné, et j'étais trop occupée à le harceler pour le lui demander.

Je pense vraiment qu'il va me dire que c'est une blague cruelle et que je devrais aller me faire voir.

— Je ne veux pas, mais je pense que vous êtes ce dont Amelia a besoin.

Je glousse à sa remarque.

— Et le salaire ?

— Nourrie, logée, blanchie pendant la période d'essai, dit-il d'un ton bourru.

Je sais qu'il peut se permettre plus, vu la voiture de luxe et le chauffeur, mais il a peut-être engagé quelqu'un pour venir le chercher. Ce n'est pas comme s'il avait toujours un chauffeur, si ?

Je n'ai nulle part où aller, et je pourrais chercher un autre travail pendant que je vis sous son toit. Au moins, il y aura un lit pour dormir et de la nourriture dans le frigo. De plus, mon ex-mari ingrat, Zander, ne saura pas où je suis. Il ne devinera jamais que je suis chez un étranger. Ce qui veut dire que je serai en sécurité.

— C'est d'accord.

Son chauffeur ouvre la porte arrière et aide Amelia à s'asseoir dans le siège pour enfant. Il a l'air d'avoir plus d'expérience que le troll qui l'emploie. Non pas qu'il ressemble à un troll, car ce n'est pas le cas. Les trolls ne sont pas agréables à regarder et ne font pas se pâmer les cœurs.

J'ai vraiment cru que c'était un méchant qui enlevait une petite fille. Je traîne trop avec Sadie, j'écoute ses histoires abracadabrantes après qu'elle m'a fait jurer de garder le secret. Ouais, comme si l'une de nous deux pouvait garder un secret.

J'ouvre la portière pour m'asseoir à l'avant, et il secoue la tête.

— Siège arrière, dit-il en me mettant à l'arrière avec Amelia.

— Où va-t-on ? demande le chauffeur en me jetant un coup d'œil.

— Elle rentre à la maison avec nous, dit le troll bourru.

Je boucle ma ceinture et me penche en avant.

— Hé, je n'ai jamais demandé votre nom.

Il se racle la gorge.

— Tant mieux.

— Quoi ?

Je ne comprends pas.

— Comment suis-je censée vous appeler ?

Pourquoi est-il si difficile ? Est-ce qu'il considère cela comme une sorte de vengeance pour ce que j'ai fait et la façon dont je l'ai traité ?

— Appelez-moi monsieur.

Je souffle.

— Je ne vous appellerai pas monsieur.

Mes joues brûlent à l'idée de l'appeler comme ça, à genoux, le suppliant de me laisser défaire la boucle de sa ceinture et - non, je ne me permettrai pas d'avoir des pensées aussi coquines.

Il n'y a aucune chance que je couche avec le père de la petite fille dont je suis la nounou - enfin, peu de chance. Il ne faut jamais dire jamais.

Il est sexy.

Grincheux.

Alphalique.

Je me sens mal à l'aise sur mon siège.

— Il s'appelle Levi, dit le chauffeur.

— Je devrais vous virer, Douglas, grogne Levi.

— Mais vous ne le ferez pas. Nous sommes trop proches.

— Ne me tentez pas, murmure-t-il.

J'expire un grand coup et, pour la première fois depuis l'embarquement, je me tais. Amelia se tortille dans son siège auto et me montre sa licorne étincelante comme si je ne la voyais pas câliner l'animal en peluche depuis deux heures.

— Ton amie a un nom ? demandé-je en tapotant le nez de la licorne.

Amelia me regarde fixement.

— Licorne, dit-elle.

Levi recule la tête, observant notre interaction. Craint-il que je ne sache pas comment m'occuper de son enfant ? J'ai été entourée d'enfants toute ma vie. J'ai travaillé dans une école maternelle avant de me marier. Je pourrais probablement appeler le directeur et lui demander s'il y a des postes à pourvoir. Mais le salaire n'a jamais été très élevé, et trouver un appartement avec le salaire minimum sera difficile.

— Elle est jolie, dis-je en souriant d'un air rassurant. Je m'appelle Clare.

— Amelia, dit la petite fille en se désignant.

Le téléphone de Levi sonne.

— Qu'est-ce qu'il y a, Nancy ?

Nancy est-elle sa petite amie ?

Sa femme ?

Je n'ai pas regardé son doigt pour voir s'il est marié, mais s'il est engagé dans une relation, n'aurait-elle pas au moins été présente à l'aéroport pour les accueillir tous les deux ?

— Je sais que je suis en retard et je n'ai pas vérifié mes messages vocaux. Il y a eu un problème à l'aéroport.

Il marque une pause.

— J'ai trouvé quelqu'un pour s'occuper temporairement d'Amelia. Ce n'est pas grâce à toi.

Ouch. Il est d'humeur chagrine. Suis-je à blâmer ? Probablement.

Je n'entends pas la réponse de Nancy, mais Levi m'en fait part.

— Je ne peux pas me rendre au bureau demain ou cette semaine. Je dois garder un œil sur Amelia et l'installer. Envoie-moi les détails par e-mail, et quand mon avocat te contactera, dis-lui qu'il peut me joindre sur mon portable.

Un avocat ?

Il a l'intention de me poursuivre en justice pour ce qui s'est passé à l'aéroport ?

Je suis sûre qu'on peut trouver un arrangement. Je pourrais surveiller Amelia pour compenser l'embarras et l'humiliation que je lui ai causés. Mais j'ai déjà proposé de le faire en échange du gîte et du couvert.

Il raccroche d'un ton provocateur.

— Vous êtes de mauvaise humeur, dit Douglas.

Il ne craint pas de dire ce qu'il pense. J'aime bien ça.

— Et pour une bonne raison, dit-il en pointant son pouce dans notre direction.

Je ne peux que supposer qu'il parle de moi, et non de sa petite princesse. Amelia est vraiment parfaite. Adorable. Douce. La gamine semble-t-il, a traversé une sale épreuve d'après ce que j'ai entendu, mais elle est résiliente.

— Alors pourquoi la ramenez-vous chez vous ? demande Douglas.

Il essaie de parler à voix basse, mais ce n'est pas assez pour que je n'entende pas leur conversation. S'ils étaient intelligents, ils monteraient le son de la radio.

— J'ai besoin d'une nounou, et il est clair que la fille de l'avion est douée avec Amelia. Il s'avère qu'elle était institutrice en maternelle ou quelque chose comme ça. Elle sait comment s'y prendre avec les enfants.

— Accordez-vous plus de crédit, dit Douglas. Cela fait à peine vingt-quatre heures que vous êtres avec l'enfant. Vous allez vous lier tous les deux. Elle a juste besoin d'un peu de temps pour s'adapter à sa nouvelle situation.

Il grogne et augmente le son de la radio, masquant le reste de leur conversation.

— Je ne crois pas que ton père m'aime beaucoup, dis-je en tapotant la corne étincelante de la licorne.

— Ce n'est pas mon père, répond Amelia.

Elle pousse un grand soupir, ses lèvres vibrant l'une contre l'autre. Le mouvement la fait glousser, et elle recommence.

Le téléphone de Levi sonne à nouveau, et bien que je ne puisse pas entendre à qui il parle cette fois, il est clair qu'il est important et occupé. Il n'est même pas rentré chez lui qu'il a déjà reçu deux appels téléphoniques. Combien d'autres personnes vont lui tendre la main ce soir ?

— Tu ressembles à une princesse, dis-je en souriant chaleureusement à Amelia et en tirant sur son tutu rose vif.

Ses yeux s'écarquillent et, d'une main, ses ongles s'enfoncent dans la licorne étincelante. De l'autre, elle s'accroche à ma main.

Je ne sais pas quoi penser de son expression. Elle vient de perdre sa mère. La petite fille comprend-elle qu'elle ne reviendra pas ?

— Tu sais ce qui irait bien avec ce tutu ?

Amelia me fixe d'un regard vide, attendant ma réponse.

— Une couronne.

Levi raccroche.

— La première chose à faire est de mettre ma petite princesse en pyjama, dit-il en nous jetant un coup d'œil par-dessus son épaule.

— Non ! s'écrie Amelia en fronçant les sourcils.

— Même les princesses portent un pyjama pour aller au lit. Il faut juste qu'on te trouve un pyjama digne d'une reine.

Les épaules d'Amelia se détendent et elle me touche le bras.

— Qu'est-ce qu'il y a ? demandé-je, en essayant de garder mon sang-froid.

La petite est tenace, mais la journée a été longue et elle a besoin de courir et de faire un peu d'exercice. Être assise dans un avion, puis dans le couloir du fond avec son père sous la surveillance de la police, ce n'est pas ce qu'il y a de mieux pour un enfant.

Encore une fois, c'est ma faute.

— J'ai faim.

— Papa, tu as quelque chose à grignoter ? demandé-je.

— Ne m'appelle pas comme ça, gronde Levi.

— D'accord, grincheux.

Je gagne un autre rire de sa petite fille. Apparemment, elle est d'accord avec moi.

— Ce n'est pas mieux, murmure-t-il. Vous pouvez m'appeler monsieur.

— Monsieur Grincheux ?

Il ouvre le sac à dos qui se trouve à ses pieds et me tend un paquet de biscuits aux fruits. Ce n'est pas le choix le plus sain, mais la gamine tend la main et fait claquer ses doigts comme un crocodile.

Je déchire l'emballage et le lui tends.

Elle dévore les biscuits avec appétit. Je n'ai pas vu si elle avait mangé quoi que ce soit pendant le vol, mais il y avait un service de repas en première classe. À son âge, je n'avais jamais pris l'avion.

Le reste du trajet est plutôt calme. Amelia savoure son goûter et le chauffeur s'arrête devant un portail en fer forgé. Il baisse la vitre, tape le code de la propriété et le portail s'ouvre lentement.

— Wow, c'est chic, dis-je, incapable de me taire.

Les haies imposantes empêchent de voir la propriété au loin.

Douglas nous conduit jusqu'à l'entrée principale, et je suis sûre que ma bouche touche le sol.

Vu la taille de la maison, il doit y avoir un garage attenant à l'arrière. Je suis sûre qu'il peut contenir plus de deux ou trois véhicules.

Vit-il seul ici ? La maison est grande pour une personne.

Levi ouvre la portière de la voiture, en sort et s'étire.

Je lui emboîte le pas et sors du SUV. Les pavés de briques sont parfaitement alignés et l'allée est lisse et impeccable. Elle fait pâle figure en comparaison du reste de la maison et de la propriété.

Haut de deux étages, le bâtiment s'étend vers l'extérieur et pourrait facilement faire la taille de trois maisons, si ce n'est plus. La couleur crème reflète le soleil, l'éclaircissant en un jaune doux alors que la structure nous domine. Les garnitures blanches scintillent à la lumière du jour. Les fenêtres sont magnifiques et s'étendent sur toute la longueur du rez-de-chaussée, apportant beaucoup de lumière dans la maison.

— Vous habitez ici ? bredouillé-je, la bouche sèche.

Levi s'approche et aide à détacher Amelia de son siège auto. Ses paupières sont lourdes et tombantes. La petite s'est finalement calmée et est sur le point de s'assoupir lorsque nous arrivons.

Elle est loin d'être aussi impressionnée que moi par les lieux. Dans quel genre d'endroit vivait-elle avec sa mère pour ne pas être impressionnée ? C'est peut-être parce qu'elle a cinq ans.

— Ma forteresse de solitude.

Ma bouche n'est toujours pas décollée du sol.

— Je plaisante, dit Levi en jetant un coup d'œil sur nous deux.

Je me dirige vers le coffre, et Douglas l'ouvre, récupérant mes bagages pour moi. Je n'ai pas pris grand-chose, juste une valise avec un tas de linge sale.

J'attrape mon bagage et Levi me gronde :

— Laissez Douglas porter votre sac jusqu'à votre chambre.

— Je peux m'en charger, dis-je.

Douglas prend la deuxième valise et porte le sac de Levi jusqu'à la porte et le pose dans l'entrée.

— Vous êtes toujours aussi difficile ?

— J'aime à penser que je suis autonome.

Il glousse sous son souffle et j'attends qu'il fasse un commentaire sarcastique, mais il n'en fait pas. Au lieu de cela, il se dirige vers la porte d'entrée, portant Amelia qui se tortille dans ses bras.

Je le suis, tirant ma lourde valise du véhicule, montant les marches et entrant dans le hall d'entrée. La maison est grandiose. Magnifique.

— Vous êtes un prince ou quelque chose comme ça ? Parce que ça expliquerait cet endroit et le fait que votre fille soit une princesse.

Je sais bien qu'Amelia n'est pas une vraie princesse, mais la maison est tout simplement impressionnante.

— Arrêtez de faire de la lèche. Vous avez déjà le gîte et le couvert.

Il dépose Amelia, qui s'éloigne de lui en courant dans le couloir, les bras écartés comme un avion.

— Oh merde, murmure-t-il.

— Vous n'avez pas enlevé les vases antiques et les œuvres d'art coûteuses à sa hauteur ?

Je devrais me mordre la langue et le remercier pour cette opportunité. J'aurai la chance de vivre comme une princesse pendant une semaine, jusqu'à ce qu'il réalise que je ne vaux rien et me jette dans la rue.

C'est inévitable.

— Elle a cinq ans, ce n'est pas comme si c'était un bébé, dit-il en s'interrompant, la mâchoire serrée.

Il se précipite dans le couloir après Amelia, pour voir quel problème elle a encore causé.

Je laisse ma lourde valise près de la porte d'entrée. J'aurais dû accepter que Douglas porte mes bagages jusqu'à ma chambre. Pour commencer, je ne sais pas quelle chambre est la mienne, mais lui aurait peut-être su où se trouve la chambre d'amis. Et je ne pense pas que Levi apprécierait que ma foutue valise abîme le sol en marbre.

Douglas éloigne la voiture, et je ferme la porte d'entrée, la verrouillant.

Nom d'un chien. Cet endroit est immense.

De l'extérieur, c'était grandiose, et cela ne semble pas plus petit à l'intérieur.

Voilà donc comment vivent les riches. Sacré veinard. Je suis jalouse, mais au moins je vais passer une semaine ici.

— Hey, il y a un jacuzzi ? crié-je.

Je regarde autour du vestibule vide. Sommes-nous juste tous les trois, ou bien Levi a-t-il du personnel pour satisfaire tous ses caprices ?

— Il est hors de question que vous alliez dans ma piscine, dit Levi, en ramenant Amelia à l'entrée de la maison.

Ses bras sont tendus comme si elle volait, et il la fait tournoyer dans les airs.

La petite fille sourit et rit, et Levi a l'air beaucoup plus léger. Plus heureux.

— Supergirl ! crie Amelia.

— Suivez-nous à l'étage, me dit Levi.

C'est presque affectueux, mais je ne pense pas qu'il l'entende de cette manière.

Je saisis ma valise rose et m'abstiens de gémir en la traînant dans l'escalier. Le premier étage est recouvert de moquette, donc je fais rouler la valise jusqu'à ce qu'il me conduise à mes quartiers.

— Votre chambre est juste à côté de celle d'Amelia, dit Levi.

Il ouvre la porte de la chambre pour moi. Le lit est fait, et il y a des rideaux en dentelle jaune à la fenêtre. Ils ne servent pas à grand-chose pour empêcher la lumière du jour d'entrer. Je serai réveillée à l'aube. Formidable.

Je laisse ma valise près de la porte et je suis Levi pour jeter un coup d'œil à la chambre d'Amelia.

Il ouvre la porte et place la petite fille sur le lit

— Lit ! dit-elle, et bien que je pense presque qu'elle va s'allonger et se glisser sous les couvertures, je me trompe.

Elle commence à sauter sur le matelas queen-size. Le lit est énorme pour une si petite fille, mais il ne s'attendait pas à rentrer chez lui avec un enfant.

Levi pose le sac à dos à ses pieds, se penche pour l'ouvrir, et en sort un ensemble de pyjamas. Le tissu en coton est rose et recouvert de canards jaunes. Il est mignon, mais il ne fait pas vraiment princesse si c'est ce qu'Amelia recherche.

Elle s'envole dans les airs, en riant alors qu'elle saute sur le lit.

— Princesse ! Princesse ! s'exclame-t-elle, et je la rattrape avant que ses pieds ne touchent le matelas.

— Je pense que vous devriez lui acheter un trampoline, à cette petite princesse, dis-je.

— Non, c'est trop dangereux, dit Levi.

— Et sauter sur le lit, ce n'est pas dangereux ?

— Je n'ai pas dit qu'elle pouvait sauter sur le lit, dit-il sèchement.

Je jure l'avoir entendu grogner. Il bouillonne. Je l'ai à nouveau agacé.

— Et si tu prenais un bain et que je te lisais une histoire ? suggéré-je, en l'aidant à grimper sur mon dos.

La petite fille est lourde, et c'est difficile, mais je ferais n'importe quoi pour la rendre heureuse. Son père, en revanche, peut aller se faire voir.

— Laissez-la ici, dit Levi, en se baissant. Laisse ta ma... nounou tranquille un moment, tu veux ?

Voulait-il sérieusement m'appeler "Maman" ? Mes joues brûlent, et j'aide Amelia à descendre de mon dos. Elle s'accroche instantanément autour de lui pendant qu'il l'emmène à la salle de bains.

Je reste là, mal à l'aise dans sa chambre.

— Vous venez ? m'appelle Levi depuis le bout du couloir.

Je prends le pyjama et quitte la chambre de la petite fille, suivant sa voix dans le couloir. Je me faufile dans la salle de bains. Comme le reste de la maison, elle est ridiculement grande. Il y a une cabine de douche en verre et une baignoire séparée

— Bain ou douche ? demande-t-il à Amelia.

— Dehors ! exige-t-elle en lui demandant de la laisser tranquille.

— Si tu veux être seule, alors tu vas devoir prendre une douche, dit-il. Je ne veux pas courir le risque que tu te noies dans la baignoire.

Amelia lui tire la langue et fronce le nez.

— Je peux l'aider, dis-je.

— Pas de garçons autorisés.

Amelia pointe du doigt vers Levi, puis la porte.

— Etes-vous sûre de pouvoir vous débrouiller ?
demande Levi, les sourcils levés.

Il a l'air inquiet.

— Je vous promets qu'elle est entre de bonnes mains.

— Ne fermez pas la porte de la salle de bain, exige-t-il
en se retirant lentement, mais il ne quitte jamais
complètement la pièce.

Ses yeux sont embués comme s'il essayait de décider
s'il peut me faire confiance seule avec sa fille.

— Allez dans la douche, dis-je à Amelia, en ouvrant la
porte en verre, lui donnant une impression d'intimité
tandis que Levi se tient dans l'embrasure de la porte,
les bras croisés sur sa poitrine.

Il n'a pas reculé davantage, et je doute qu'il le fera.

Amelia se déshabille, sa jupe rose vif étant la dernière
à tomber. Une fois les vêtements sales dans les mains,
je les remets à Levi pour qu'il s'en occupe. J'ajuste la
température avant de diriger l'eau sur la petite fille.

Je ferme la porte coulissante. Le verre est dépoli, ce qui permet à Amelia d'avoir son intimité tout en nous assurant qu'elle ne tombe pas.

Elle tournoie sous le jet et éclate de rire en sautant dans l'eau.

— Tu devrais t'assurer qu'elle se lave réellement avec du shampoing et du savon.

Je lui laisse encore une minute avant de vérifier.

— Amelia, aimerais-tu que je te lave les cheveux ?

— Oui, Maman chante toujours la chanson des bulles.

— La chanson des bulles ? demandé-je, regardant Levi en quête d'aide.

Il hausse les épaules et secoue la tête, incapable de savoir ce qu'est la chanson des bulles ou comment elle se chante.

— Peux-tu me la chanter, Amelia ? demandé-je, ouvrant la porte en verre.

Je me penche dans la douche pour prendre le shampoing, et mon T-shirt se mouille. C'était inévitable.

— Non, toi.

Amelia penche la tête en arrière, et je me lave les mains avec du shampoing, les passant dans ses longues boucles blondes.

— Est-ce que vous avez de l'après-shampoing ? crié-je à Levi.

— Euh, non, dit-il. Mais je peux appeler Douglas pour qu'il en achète une bouteille.

— On ne l'aura pas ce soir, dis-je avec un soupir. Je pense avoir une petite bouteille dans mon sac. Pouvez-vous me la prendre ?

— Ouais, bien sûr.

On forme une sacrée équipe. Je rince les bulles de shampoing des cheveux d'Amelia, et elle penche la tête en arrière pour m'assurer que je ne lui mets pas de savon dans les yeux.

— Pendant que ton papa va chercher l'après-shampoing, que dirais-tu de te savonner le corps ?

Je lui tends un morceau de savon, mais il glisse immédiatement de ses mains.

Amelia rit et se baisse pour le récupérer.

— Fais attention, dis-je.

Si elle tombe et se blesse, Levi me tiendra pour responsable.

Elle court après le savon qui glisse sur le carrelage de la douche jusqu'à se retrouver assise dans l'eau, bouchant la bonde et transformant ainsi la douche en bain.

Je n'imagine pas que Levi sera ravi si l'eau commence à déborder de la douche.

— Allez, tiens-toi debout comme une grande fille. À moins que tu ne préfères que je te prépare un bain ?

Elle se remet debout et me lance le savon, ou le laisse échapper de ses mains, je ne suis pas sûre ?

— Levi ?

Combien de temps lui faut-il pour prendre l'après-shampoing dans mes bagages ?

Amelia finit enfin de se savonner le corps alors que son père revient à la salle de bains. Ses joues sont rouges, et il a l'air d'avoir été pris en train de faire quelque chose qu'il ne devrait pas, mais je ne suis pas sûre de quoi.

— Je euh...

— Vous vous êtes perdu là-dedans ? plaisanté-je, et je lui arrache l'après-shampoing des mains.

Il passe ses doigts dans ses cheveux et se tourne dos à moi, mais il est toujours dans l'encadrement de la porte.

— Vous ne me faites vraiment pas confiance ?

Je comprends. Je suis une inconnue, et Amelia est sa fille, mais il est évident qu'elle n'est pas à l'aise de se faire laver par lui. Il faut donc que quelqu'un l'aide jusqu'à ce qu'elle puisse le faire seule.

J'ouvre le flacon d'après-shampoing et frotte mes mains ensemble avant de les passer dans les longs cheveux d'Amelia. Je ne veux pas qu'elle ait des nœuds et que le brossage de ses cheveux devienne une corvée. Je me souviens que ma mère me tirait les cheveux en essayant de me les brosser quand j'étais enfant, et des larmes qui suivaient.

Amelia décide de m'éclabousser, parce que pourquoi pas ? Ce n'est pas comme si j'étais sèche de toute façon. La gamine s'assure que ma chemise soit trempée d'ici la fin du rinçage de ses cheveux.

Elle rit aux éclats et montre du doigt ma chemise, et elle peut maintenant voir mon soutien-gorge en dentelle violette, qui ne laisse que peu de place à l'imagination. Mes tétons ressortent à travers le tissu.

Mince.

Je me retire, en finissant avec Amelia sous la douche et en éteignant l'eau lorsqu'elle a terminé. Je l'enveloppe dans une serviette et garde le dos tourné à la porte, pour ne pas offrir de spectacle à Levi.

Mais il n'y a qu'une seule serviette.

— Hé, vous pouvez nous donner une autre serviette ? demandé-je.

— Pour Amelia ?

— En fait, non, pour moi. Votre fille a trouvé ça drôle de m'éclabousser.

Je lui jette un coup d'œil par-dessus mon épaule.

Il secoue la tête.

— Désolé, nous n'en avons plus. Jour de lessive.

— Vous êtes un affreux menteur, lui lancé-je par-dessus mon épaule, puis je referme la porte de la salle de bains devant lui avec le talon de mon pied.

Il est debout dans l'encadrement de la porte, et la porte ne se ferme pas à clé, mais elle se ferme presque complètement.

J'aide Amelia à enfiler son pyjama après l'avoir séchée. La serviette est complètement mouillée. Il n'y a même pas un petit coin que je pourrais utiliser pour sécher ma chemise.

Je prends la serviette mouillée et la place sur mes seins. Elle est humide, mais pas aussi trempée que ma chemise. Amelia ouvre la porte de la salle de bains. Levi, concentré sur son téléphone portable, se fait percuter par sa fille comme un bélier. Heureusement, ce ne sont que ses jambes, et il se stabilise en posant une main sur le mur.

— Je vous rappellerai plus tard.

Il met fin à l'appel, glissant son téléphone portable dans sa poche de pantalon.

— Je peux la prendre, propose-t-il, en tendant la main pour récupérer la serviette humide.

— Je m'en occupe. De toute façon, je dois mettre mes vêtements dans la machine à laver. Je suis sûre que vous avez une machine quelque part dans cette maison.

— La buanderie est dans le couloir. Deuxième porte à gauche.

Il se racle la gorge et ouvre la bouche, mais les mots ne sortent pas.

— Quoi ? demandé-je, jetant un coup d'œil pour m'assurer que la serviette couvre bien mes seins.

Il ne mérite pas de spectacle.

— Les vêtements dans votre valise étaient sales ?

Je hoche la tête.

— Pourquoi ?

Je reviens de vacances. Enfin, pas vraiment des vacances, mais j'ai logé chez une amie pendant mon divorce. Qu'est-ce qui lui fait penser que j'aurais des vêtements propres dans mes bagages ?

Sa langue sort sur le côté de sa bouche, et il expire un souffle lourd. Son visage est rouge.

— Non, rien.

Il secoue la tête et soulève Amelia dans ses bras.

— Allez, c'est l'heure de l'histoire.

— Pas au lit ! proteste Amelia, semblant savoir ce qui va se passer.

Je me dirige vers ma chambre. La porte est ouverte, et ma valise également. Je la ferme et la traîne à travers le couloir jusqu'à la buanderie.

Ouvrant la porte, je laisse tomber la serviette humide dans un panier vide, ouvre ma valise et là, face à moi, se trouve mon vibromasseur rose vif.

Je tire mes lèvres entre mes dents. Je suppose qu'il l'a vu, et c'est ce qui l'a laissé troublé. Je secoue la tête et le glisse dans le compartiment latéral de mes bagages. Ouvrant la machine à laver, je jette mon linge à l'intérieur et lance une lessive, en laissant mes sous-vêtements pour la prochaine fois.

Je passe ma chemise trempée par-dessus ma tête, ouvre le sèche-linge et la jette à l'intérieur. Je me retrouve en soutien-gorge, mais je n'ai pas prévu de quitter la pièce avant que ma chemise ne soit sèche.

Il n'y a pas de chaise dans la pièce, et au bout de quelques minutes, je prends un livre dans mon sac et me hisse sur la machine à laver pour m'asseoir.

La scène épicée du roman m'emporte, me faisant oublier pendant un moment les huit derniers mois. Je tourne avidement les pages, les lisant les unes après les autres, dévorant le roman comme un dessert. Il est tout aussi doux et délicieux.

Le grondement de la machine à laver devient une sorte de vibromasseur géant, et j'essaie de ne pas rire à la sensation lorsque mes hanches bougent en harmonie.

Je ferme les yeux, et la première image qui me vient à l'esprit est Levi.

Il se penche entre mes jambes, les écartant, implorant de me goûter alors qu'il embrasse un chemin vers mon centre en feu.

Mon ventre se serre, et ma tête bascule en arrière, cherchant de l'air.

Suis-je en train de délirer ? Est-ce que ça fait si longtemps que je n'ai pas eu de bon sexe que j'utilise des machines à laver et des fantasmes sur mon nouveau patron, Monsieur-Je-râle-tout-le-temps, pour me satisfaire ?

Le grondement de la machine devient plus fort sous mon poids, et bon sang, ça fait du bien. La machine devient de plus en plus déséquilibrée, et Levi ouvre brusquement la porte, interrompant mon agréable humeur et mon orgasme imminent.

Zut.

— Descendez de la machine avant de la casser.

CHAPITRE TROIS

Levi

Je n'arrive pas à croire que j'ai surpris Clare assise sur ma machine à laver. La machine est de première qualité et toute neuve.

Pourquoi est-ce qu'elle doit tout foutre en l'air ?

Sa main se lève et me gifle au visage alors qu'elle descend de la machine.

Je grogne et attrape son poignet avant qu'elle ne puisse me gifler à nouveau.

— C'est comme ça que vous me remerciez de vous laisser chez moi ?

— Vous avez sous-entendu que j'étais grosse, réplique Clare.

— Quoi ?

Je la regarde avec incompréhension.

— Quand diable ai-je dit ça ?

Je suis sûr de n'avoir rien sous-entendu. Elle n'est pas grosse. Elle a des courbes avec un corps sublime que j'aimerais examiner dans ses moindres recoins.

Bon sang, je ne peux pas m'autoriser ces pensées tumultueuses.

C'est la nounou, elle a dix ans de moins que moi, et surtout, c'est une vraie plaie depuis que nous nous sommes rencontrés dans l'avion.

— Vous avez dit que je pourrais casser la machine à laver.

Elle se tortille et tient son livre contre sa poitrine, mais il est centré et ne cache ni ne dissimule ses seins fermes.

Coucher avec elle est hors de question. Même si nous étions les deux dernières personnes sur la planète et devions procréer pour survivre, je ne la toucherais pas.

Non.

Ma queue dit le contraire alors que je fixe ses seins bien remplis débordant de son soutien-gorge en dentelle. J'ai toujours préféré les seins plutôt que les fesses.

Le tissu violet sombre est mince et transparent. Il sert à peine son objectif, si ce n'est de me narguer, et bon sang, il réussit. J'ai envie d'arracher le tissu de sa peau et de libérer ses seins, d'en prendre une bouchée, de les goûter et de les sucer.

Si j'étais un homme honnête, je lui dirais qu'elle n'est pas grosse, qu'elle a des courbes voluptueuses, et que j'adorerais lécher et goûter chaque centimètre de sa peau avant de la prendre violemment.

Mais ça serait trop honnête, et nous n'avons pas de relation amoureuse. Nous ne sommes rien l'un pour l'autre. Elle est la nounou de mon enfant.

— N'importe qui peut casser la machine à laver en s'asseyant dessus. Qu'est-ce que vous lisez ? demandé-je, désespéré de changer de sujet.

— Cela ne vous regarde pas, dit-elle, serrant le livre contre sa poitrine, le tenant fermement.

— Un livre coquin, deviné-je par sa réticence à me montrer la couverture et en le tenant comme si sa vie en dépendait.

— Les livres ne sont pas coquins. Ce sont les hommes qui le sont, rétorque Clare.

— Les femmes aussi.

Elle renifle.

— Je ne vois pas de quoi vous parlez.

Elle s'approche de moi, sa main tendue. Je jure que si elle effleure mon sexe, je pourrais bien exploser.

Ses doigts plongent dans ma poche de pantalon et récupèrent sa culotte rouge vif.

— Vraiment ? Ce n'est pas vous le coquin ici, qui vole mes culottes sales ?

— Je ne sais pas comment ça a atterri là, dis-je en riant.

— D'accord. Elle a dû tomber dans votre poche quand vous avez fouillé pour trouver mon après-shampooing, Voleur de culottes.

Elle tourne sur elle-même, son dos contre ma poitrine.

Je recule, m'assurant qu'elle ne peut pas sentir mon érection contre elle. C'est clairement biologique. C'est une femme. Je suis un homme.

Elle a de superbes seins. Ce n'est pas ma faute, après tout.

Et sa culotte, je jure que je ne l'ai pas volée. Je l'ai peut-être touché et examiné un peu trop attentivement, mais je jure que je ne l'ai pas mise dans ma poche.

Merde.

Je ne me souviens pas l'avoir mise dans ma poche, mais elle m'a appelé depuis la salle de bain, et je l'ai peut-être inconsciemment attrapée en me dépêchant pour m'assurer qu'elle n'avait pas besoin d'aide.

Oh.

Je suis un voleur de culottes !

Elle n'arrêtera jamais de me taquiner avec ça.

Clare se penche en avant pour récupérer ses affaires dans le sèche-linge et je réprime un gémissement.

Qu'est-ce qui ne va pas chez moi ? Cette femme est un danger. Je passe une main dans mes cheveux et recule d'un pas. J'ai besoin d'air. Et d'une douche glaciale. Depuis que j'ai ouvert sa valise et fouillé parmi ses culottes, ses soutiens-gorge et son vibromasseur rose, mon sexe me fait mal.

Je sors rapidement de la pièce pour la laisser finir sa lessive. J'espère qu'elle ne cassera pas ma machine à laver. Ce n'est pas comme si je ne pouvais pas m'en offrir une nouvelle, mais ce n'est pas la question. Elle devrait respecter ma propriété et mes affaires.

Je fais attention à ne pas réveiller Amelia qui dort en partant dans ma chambre et en fermant la porte derrière moi. Je me dirige vers ma salle de bain privée, me déshabille et ouvre l'eau chaude.

Une douche froide ne va pas m'aider ce soir. Je serai tourmenté par des rêves de Clare, ce dont je n'ai pas besoin.

Je veux libérer cette frustration refoulée et passer à autre chose.

Sous l'eau tiède, je roule la tête de gauche à droite, laissant la tension se relâcher.

J'augmente la température de l'eau.

Mon corps est en feu et je reste sous le jet, l'eau ruisselant sur moi. D'une main, je caresse mon sexe, de l'autre, je m'appuie contre le mur carrelé froid. La transition entre chaud et froid est comme de la glace sur un feu ardent. La vapeur jaillit et crépite.

Je ne veux pas penser à Clare ou à ses magnifiques seins qui étaient enfermés dans ce soutien-gorge violet en dentelle.

Merde.

C'est la seule chose à laquelle je peux penser en me masturbant et en l'imaginant prendre ma bite dans sa bouche, mes doigts enroulés dans ses cheveux, baisant ses lèvres charnues.

Je laisse l'orgasme m'envahir tandis que la douche cache les preuves. Je finis et attrape une serviette blanche moelleuse pour me sécher.

Oui, j'avais plein de serviettes dans le placard du couloir et dans ma salle de bains. Mais je ne voulais pas lui en donner une.

Je me comporte comme un con.

La vengeance est un plat qui se mange froid, n'est-ce pas ?

Je mets la serviette autour de ma taille et entre dans ma chambre pour prendre un boxer propre avant d'aller me coucher.

Elle occupe toutes mes pensées, avec ses yeux bleu-vert et ses longs cheveux blonds. On pourrait facilement la prendre pour la mère d'Amelia. Bon sang, je n'arrive pas à croire que, dans ma fatigue extrême et mon épuisement émotionnel, j'ai failli l'appeler « Maman".

Qu'est-ce qui ne va pas chez moi ?

Comment a-t-elle réussi à me perturber en seulement quelques heures ?

D'abord, Amelia est entrée dans ma vie. Maintenant, Clare. Non, il faut que ça s'arrête. Je n'irai pas plus loin. Ce n'est qu'un fantasme. Cette fille est trop jeune. Ce que je ressens n'est pas réel. Je ne la connais pas. C'est une femme qui avait besoin d'un travail, et elle s'occupe clairement bien d'Amelia.

Une semaine.

Une semaine et elle partira et je ne la reverrai jamais.

Bien que j'aimerais éviter de la voir pendant les prochains jours, je ne lui fais pas entièrement confiance avec ma fille. Mais je ne peux pas me permettre de prendre une semaine de congé alors que je dois régler les détails de mes déplacements en Europe avec mon assistante.

Et ça ne peut pas être reporté, ce qui n'est pas un problème, car je ne pars que dans une semaine. Mais cela ne me laisse pas beaucoup de temps pour régler la situation avec Clare. Ou la situation avec Amelia, plutôt. Même si je renvoie la nounou, je ne peux pas amener une fillette de cinq ans à mes réunions.

Mon assistante ne va pas se proposer de garder Amelia. En plus, je ne peux pas la laisser seule pendant une semaine juste après l'avoir rencontrée et ramenée chez moi. Elle a besoin de stabilité.

Est-ce qu'une nouvelle nounou va l'aider à s'adapter ? C'est peu probable, mais Clare va devoir prouver qu'elle est compétente.

Et je dois aussi calmer ma bite.

Je ne peux pas avoir des pensées lubriques sur la blonde sexy qui dort de l'autre côté du couloir. Et ce vibromasseur qu'elle avait posé sur ses vêtements dans sa valise.

Il est hors de question qu'un morceau de plastique la fasse jouir.

Mes joues brûlent, en l'imaginant le mettre entre ses jambes. Ses mains caressant son corps, jouant avec ses seins, et glissant vers sa chatte rose.

À quoi fantasme-t-elle ?

Je ne suis pas assez idiot pour penser que c'est à moi. Je viens juste de la rencontrer.

Je passe une main dans mes cheveux mouillés et désordonnés et m'effondre sur le matelas frais. Ça n'aide en rien à calmer ma queue qui a décidé de se réveiller pour le deuxième round.

Pas ce soir, mon pote.

Je ne peux pas la laisser entrer dans ma tête.

Le lendemain matin, je me réveille au lever du soleil. Je prends une douche et m'habille en tenue de travail, même si je n'ai pas l'intention de me rendre au bureau. Mais cela ne signifie pas que le bureau ne pourrait pas venir à moi.

Mon assistante m'a déjà envoyé un texto pour me dire qu'elle passerait cet après-midi avec les documents dont j'ai besoin, et je ne serais pas surpris si une demi-douzaine d'autres employés débarquent à ma porte également.

Surtout avec les rumeurs qui circulent à propos d'Amelia.

Mais je veux la protéger.

Je sors de la chambre, en refermant la porte derrière moi. Je n'ai même pas jeté un coup d'œil à mon téléphone ce matin, une occurrence inhabituelle. C'est généralement la première chose que je fais quand je me réveille, attraper mon téléphone portable.

Mais je ne suis pas intéressé par les nombreux textos et appels manqués. Il y aura des messages vocaux de nombreuses personnes avec qui j'interagis, essayant de se frayer un chemin dans ma vie pour obtenir des informations exclusives. Probablement pour essayer de les vendre aux salopards de médias qui veulent ruiner la vie des gens pour une somme conséquente.

Ouais, j'ai déjà eu affaire à leurs manigances bien trop de fois. C'est l'une des raisons pour lesquelles Katelyn et moi ne sommes pas restés ensemble. Elle ne pouvait pas supporter la pression d'être constamment sous les feux des projecteurs.

Je n'ai jamais ressenti de rancune envers elle pour avoir mis fin à notre relation, mais je ne savais pas qu'elle était enceinte. Est-ce qu'elle le savait quand elle a rompu ? Nous passions la plupart de nos nuits ensemble chez l'un ou l'autre, ne sortant que rarement. Elle détestait toute cette agitation médiatique liée aux sorties publiques.

C'est le lot de la célébrité, je le sais bien. Cela ne me dérange généralement pas, mais maintenant que j'ai une fille, je veux la protéger des regards indiscrets des médias. Elle n'est pas un animal de foire à photographier.

Je jette un coup d'œil à Amelia, allongée dans son lit, les yeux ouverts. Elle est calme, et bien que je n'aime pas la réveiller, je ne suis pas certain qu'elle viendra me chercher. La maison est grande, et je suis encore nouveau pour elle.

Je ferme la porte doucement, espérant qu'elle puisse dormir encore un peu, mais elle se redresse dans son lit.

— Non ! me crie-t-elle, réveillée et prête à commencer sa journée.

Amelia descend du lit, qui est beaucoup trop grand pour elle, et atterrit avec ses deux pieds sur le sol, se précipitant vers moi.

— Et si on allait voir si ta nounou est réveillée ? dis-je. En l'appelant "nounou", je veux garder une distance nécessaire entre nous.

Amelia hoche la tête avec enthousiasme et prend ma main alors que nous marchons jusqu'à la porte d'à côté. Je frappe fermement. Je ne veux pas entrer comme ça si elle dort en sous-vêtements. Enfin, peut-être que si. Elle ne devrait probablement pas dormir comme ça, ou nue, étant donné que ma fille est dans la chambre à côté et qu'elle est censée s'occuper d'elle.

— Quoi ? grogne Clare de l'autre côté de la porte.

À sa voix, ma tension monte, imaginant qu'elle est allongée dans le lit à côté de moi.

Non. Ça n'arrivera pas. Zéro chance. Nous sommes une bombe à retardement. Rien que d'être au même endroit qu'elle est dangereux.

— Entrez, grogne-t-elle quand je ne réponds pas assez rapidement.

Je tourne la poignée, soulagé de constater que la porte ne soit pas verrouillée.

Clare est assise sur son lit. Son débardeur épouse ses seins, ses tétons en évidence à travers le tissu bleu fin. J'essaie de ne pas regarder, mais c'est sacrément difficile de garder mes yeux sur les siens.

— Amelia est réveillée. J'ai du travail à faire.

Je pousse ma fille dans la chambre de Clare.

Amelia se précipite vers le lit, grimpant sur le matelas queen size.

— Oh non, tu ne fais pas ça, dit Clare, attrapant Amelia avant qu'elle ne saute sur le lit.

Je referme la porte, les laissant s'occuper du petit-déjeuner et habiller Amelia pour la journée. En descendant l'escalier, je sors mon téléphone de ma poche. Je parcours la douzaine d'appels manqués et de textos.

La plupart ne m'intéressent pas, mais Connor, mon frère cadet, a laissé un message. Je me frotte la mâchoire. J'aurais dû lui parler d'Amelia avant qu'il n'apprenne la nouvelle par des rumeurs.

Je n'ai pas besoin de lire le message. Je suis sûr qu'il va me faire la morale et me dire ce qu'il pense.

En entrant dans la cuisine, j'allume les lumières et prends des grains de café pendant que j'appelle Connor. J'ai une cafetière ordinaire en plus d'une machine à expresso. Ce matin, je veux du café, noir. Tout le reste serait trop sucré.

— Salut, Connor, dis-je quand il répond à l'appel.

— Content de te parler aussi, répond-il d'un ton taquin. Tu comptais me dire que tu as une fille, ou me laisser l'apprendre par les bavardages des filles au bureau ?

— Merde, marmonné-je en passant une main sur mes yeux. La rumeur s'est déjà répandue ?

La question est plus pour moi-même, mais Connor prend cela comme un signal pour répondre.

— Comment peux-tu espérer que ce ne soit pas le cas quand tu as mentionné le mot « milliardaire » dans l'annonce pour trouver une nounou ?

Il a raison.

— Ce n'est pas de mon fait, dis-je.

Mais cela n'a pas d'importance. Il est trop tard pour que cela ait de l'importance, car les dégâts ont déjà été faits.

— Alors, quand est-ce que je vais pouvoir rencontrer ta petite ? demande Connor.

— Son nom est Amelia, et je ne sais pas. J'ai prévu un voyage en Europe la semaine prochaine, donc le timing est un peu problématique pour le moment.

Connor rit, mais il n'y a rien d'amusé. C'est plutôt un rire agacé.

— Tu ne peux même pas trouver du temps pour la famille. Bordel, ça fait mal.

Mais je ne pense pas que ça lui fasse mal. Connor et moi ne nous entendons pas très bien depuis le décès de papa.

— Tu as appelé maman pour lui dire la nouvelle ? demande-t-il.

— Non, je n'ai pas eu le temps avec le voyage à Chicago pour récupérer la petite. Tu sais, sa mère, Katelyn, est décédée, dis-je sèchement.

— Oh, je ne savais pas. Katelyn était sa mère ? N'est-ce pas la fille que tu allais demander en mariage ? dit-il, visiblement surpris.

Cela me rappelle des souvenirs douloureux.

— C'était la fille avec qui je pensais me marier. Je n'ai jamais acheté la bague. Je suis allé chez Tiffany's et j'ai parcouru le magasin, mais au fond de moi, je savais que Katelyn ne dirait pas oui.

La cafetière sonne, me donnant l'occasion de me perdre dans la caféine. Je veux mettre fin à cette conversation avant qu'elle ne devienne encore plus douloureuse.

— C'était il y a longtemps. Je préfère ne pas en parler maintenant.

Connor change de sujet.

— Comment gères-tu l'enfant avec le travail ? As-tu réussi à embaucher une nounou ? Je parie qu'elles sont toutes après ton gros salaire.

Il ricane légèrement.

— J'ai trouvé quelqu'un pour une durée temporaire, dis-je simplement, préférant ne pas entrer dans les détails sur la rencontre avec Clare.

Connor semble intéressé.

— J'adorerais passer te voir, rencontrer la petite et la nounou que tu as embauchée, et bien sûr, te voir, grand frère.

— Vraiment ? Tu ne fais pas ça juste parce que tu es curieux ?

Il rit.

— Tu m'as démasqué. Je me suis dit que je pourrais passer, être l'oncle attentionné et apporter des cadeaux à la petite. Dieu sait que ta maison n'a rien pour les enfants.

— Je compte envoyer Douglas faire du shopping, dis-je. Je vais donner à la petite un catalogues et la laisser choisir tout ce qu'elle veut.

— Tu sais qu'il y a internet pour ça, dit Connor en plaisantant.

Je finis mon café.

— Je te laisse. J'ai du travail.

— Et moi, non ? rit Connor. Je viens cet après-midi. Vous serez là tous les deux ?

— Ouais, envoie-moi un texto quand tu seras en route.

Je raccroche rapidement, soulagé de mettre fin à cette conversation stressante avec mon frère.

Je remarque un léger bruit de pas dans le couloir suivi de gros éclats de rire.

— Vous pouvez entrer, dis-je, sachant qu'elles sont juste à l'extérieur de la cuisine.

J'espère qu'ils n'ont pas entendu toute la conversation.

— Désolée, on ne voulait pas vous déranger, dit Clare en tenant une Amelia hilare dans ses bras.

Elle replace délicatement les pieds de la petite sur le sol.

— Encore ! glousse Amelia en levant à nouveau les bras en l'air.

Clare sourit et soulève ma fille dans ses bras, faisant à l'avion pour l'amuser. Je me retiens de proposer mon aide, sachant qu'elle peut gérer.

— Il y a plein de nourriture dans le frigo et le garde-manger. Trouvez quelque chose de sain pour Amelia. Si vous avez besoin de quoi que ce soit, il y a une liste sur le frigo. Ajoutez-y ce que vous voulez, dis-je, essayant de ne pas trop la fixer.

Clare est toujours en pyjama, et Amelia aussi.

— Merci. Tu ne crois pas qu'on pourrait se tutoyer maintenant ? dit Clare doucement.

J'essaie de me concentrer sur autre chose, évitant de penser aux souvenirs douloureux que Connor a évoqués. Clare semble plus calme ce matin, moins turbulente que la veille. Peut-être que nous pouvons commencer à trouver un équilibre avec la présence d'Amelia dans nos vies.

Je ne sais pas pourquoi. Peut-être qu'elle se sent mal à l'aise ici.

Bien, gardons-la à distance. Je n'ai pas envie qu'elle parle de manière insolente devant Amelia.

— Je serai dans mon bureau. Si vous avez besoin de quelque chose, c'est la première porte à gauche.

Je pointe du doigt dans la direction où je me dirige.

— Merci. On devrait s'en sortir.

Je me sers une deuxième tasse de café et l'emporte avec moi dans mon bureau. Je n'utilise pas souvent cet endroit. D'habitude, je préfère passer des nuits tardives au bureau plutôt que de ramener du travail à la maison.

J'envoie un message à Douglas pour lui demander d'acheter des vêtements pour Amelia, principalement un T-shirt et un legging. Il n'y avait pas de taille sur sa jupe. Peut-être a-t-elle été faite à la main. Est-ce pour cette raison qu'Amelia ne veut pas s'en séparer ?

Je lui dis également qu'elle aime Supergirl et tout ce qui concerne les princesses.

— Quel enfant n'aime pas ça ? répond-il.

Il a raison. Je le laisse s'occuper des vêtements, et il suggère de laisser Amelia choisir des jouets sur une application avec une de mes anciennes tablettes. Je pourrai lui envoyer ce qu'elle aime, et il pourra acheter ce qui est disponible en magasin.

Mais en plus de me distraire avec tout ça, je dois aussi inscrire Amelia à la maternelle. Cela signifie chercher des écoles privées autour de la ville et trouver celle qui offre le meilleur programme.

J'ai beaucoup à faire en plus de ma charge de travail habituelle, qui est écrasante en ce moment.

Je prends une gorgée de café, le coup de fouet supplémentaire m'aidant à me concentrer et à accomplir une tâche à la fois.

Après une heure, je reçois un texto de mon assistante m'annonçant qu'elle est en train de se garer devant la maison. Bien qu'elle ait le code pour entrer sur la propriété, la porte d'entrée est verrouillée manuellement, et seul Douglas possède une clé de secours.

Douglas est mon bras droit ; il n'est pas seulement mon chauffeur. Je lui fais entièrement confiance.

Je quitte le bureau et me dirige vers la porte d'entrée que j'ouvre rapidement. Nancy porte une pile de dossiers.

Je referme la porte derrière elle et la verrouille, puis je prends les dossiers avant qu'elle ne les fasse tomber par terre.

— Merci.

Elle regarde autour d'elle. Ce n'est pas la première fois qu'elle vient ici. Il y a quelques mois, j'ai dû subir une chirurgie d'urgence après que mon appendice a failli éclater, et elle est passée avec un panier cadeaux et une douzaine de dossiers de choses à faire pendant ma convalescence.

Son regard hésitant me dit qu'elle cherche Amelia, ou peut-être la nounou.

— Comment vous en sortez-vous ? demande Nancy.

— Bien, répondis-je d'un ton brusque.

Je ne m'étends pas davantage.

— Et la nouvelle nounou ? J'ai apporté trois dossiers de femmes qualifiées pour s'occuper de votre fille.

Je soupire et fais signe à Nancy de me rejoindre dans mon bureau. Je laisse la porte ouverte et m'installe derrière mon bureau, plaçant les dossiers sur la surface en bois de mahogany.

Elle s'assied en face de moi.

— La pile de dossiers du haut sont des CV que j'ai personnellement vérifiés. Je n'ai pas appelé leurs références, mais ce sont des candidates sérieuses.

— Sont-elles mariées ?

— Je ne sais pas.

Je jette les dossiers à la corbeille sans même les examiner.

— À moins qu'elles ne soient heureusement mariées, je ne suis pas intéressé.

Son front se plisse.

— Vous réalisez que ce n'est pas une question que nous pouvons légalement poser à une candidate ?

Je suis au courant des détails en matière d'embauche, mais je n'ai pas besoin d'une autre tentation sous mon toit. Clare est déjà assez problématique.

Je pourrais envisager d'embaucher un homme comme nounou, mais je ne suis pas à l'aise de laisser un homme s'approcher de ma fille de cinq ans.

— Débrouillez-vous. Faites un peu de recherche, dis-je.

Nancy émet un soupir lourd et se lève.

— Ce n'est pas inclus dans ma description de poste.

— Vous demandez une augmentation ?

Je la regarde fixement. Est-ce sa manière de me dire qu'elle se sent sous-estimée et surchargée ?

— Non, je pense juste que vous ne réalisez pas le temps que cela m'a pris pour passer en revue des milliers de CV. Je vous ai apporté les trois meilleures candidates.

— Et vous leur confierez votre propre enfant ? demandé-je en regardant la corbeille métallique.

— Y a-t-il autre chose ?

J'ai besoin qu'elle me tienne informé, car je ne suis pas au bureau. Si des événements se produisent, j'ai besoin qu'elle soit mes yeux et mes oreilles.

— J'ai arrangé votre itinéraire pour l'Europe, monsieur. Mais j'ai quelques questions.

Je hoche la tête, attendant qu'elle continue.

— Serez-vous le seul à voyager, monsieur ? Ou prévoyez-vous d'emmener votre fille avec vous ?

Je soupire et caresse ma mâchoire, réfléchissant à ses paroles.

— Le voyage en Europe m'a beaucoup préoccupé ces derniers jours. À ce stade, je voudrais que vous réserviez une chambre communicante pour toutes les réservations d'hôtel. Assurez-vous que la voiture qui vient nous chercher dispose d'un siège rehausseur pour ma fille. Les réservations dans les restaurants doivent toutes être pour trois personnes.

— Monsieur ?

— J'emmènerai Amelia avec moi et sa future nounou. Pour le moment, je fais un essai avec Clare, mais je ne suis pas sûr qu'elle soit adaptée pour un poste permanent. Et je ne vais pas laisser ma fille avec une inconnue pendant que je suis à l'étranger.

— Très bien. Je ferai ces changements, monsieur, et si je peux me permettre...

Je n'attends rien de moins de Nancy. Elle a toujours été franche et honnête, parfois de manière brutale et directe.

— Oui ?

— Avez-vous parlé à votre mère de l'enfant ?

Je me recule dans ma chaise. C'est la même question que Connor a soulevée. Je sais que c'est quelque chose que je vais devoir affronter. Mais ce n'est pas un moment que j'attends avec impatience non plus.

Ma mère a passé des années à me harceler pour que je me marie, aie des enfants et que je fonde une famille convenable.

Comment va-t-elle réagir quand je vais amener Amelia et qu'elle ait cinq ans ? Je peux déjà imaginer les remarques cinglantes sur le fait que je l'ai empêchée de rencontrer sa petite-fille et comment je n'ai pas pu savoir que Katelyn était enceinte. Sans aucun doute, elle me blâmera.

Et peut-être qu'elle a raison. C'est peut-être ma faute. Si j'avais insisté davantage avec Katelyn pour que ça fonctionne et répondu à ses exigences, j'aurais peut-être su pour Amelia.

— Je ne l'ai pas appelé. Mon frère a mentionné la même chose, marmonné-je.

— La seule raison pour laquelle je le mentionne, en dehors du fait qu'elle puisse l'apprendre autrement, c'est qu'elle pourrait peut-être aider pendant votre absence.

Ma mâchoire se serre.

— Ma mère ne s'occupera pas d'Amelia.

— Elle ne peut pas être si terrible. Je veux dire, elle vous a élevé.

— Exactement, marmonné-je. Je ne veux pas qu'Amelia finisse comme moi.

Je me désigne d'un geste de la main.

Nancy se lève et me fixe.

— Réfléchissez-y.

Je l'accompagne jusqu'à la sortie de mon bureau et à la porte d'entrée.

Je regarde ma montre. Il est à peine dix heures du matin, et j'ai trop de choses à faire avant la fin de la journée. Les dossiers que Nancy a déposés devront attendre encore un jour.

CHAPITRE QUATRE

CLARE

— Je ne la trouve pas.

Je pensais que ce serait amusant, un petit jeu pour passer le temps. Mais Amelia a décidé de prendre cache-cache un peu trop au sérieux.

Levi me regarde avec incrédulité.

— Comment ça, tu ne la trouves pas ?!

Je prends une profonde inspiration. Je sais. C'est totalement de ma faute. Jouer à un jeu avec un enfant qu'on connait à peine dans une maison où il est facile de se perdre est une idée stupide.

Je suis une idiote, et il va me renvoyer.

— Amelia et moi cherchions quelque chose à faire. Il semble qu'il va pleuvoir dehors, alors j'ai suggéré de jouer à cache-cache dans la maison.

— Je vois, dit-il en se touchant la mâchoire.

Sa barbe est sexy, et les reflets argentés parsemant le brun foncé me font chavirer. Son regard bleu perçant est fixé sur moi

— On a commencé à jouer après le petit-déjeuner, et je ne la trouve toujours pas.

— C'est une grande maison, dit Levi, un peu trop calmement.

— Comment peux-tu ne pas être paniqué ? demandé-je.

Mon estomac est noué en une énorme boule.

— Les portes sont verrouillées. Il y a des caméras partout sur la propriété, et elle n'aurait pas pu sortir par le portail à moins que quelqu'un ne l'ait ouvert.

Son front se plisse, et l'aisance semble disparaître. Il se précipite pour jeter un coup d'œil par la fenêtre et constater que le portail est ouvert. Il jure et ouvre grand la porte d'entrée, jetant un coup d'œil dehors.

La gamine pourrait être n'importe où. J'aurais dû préciser qu'on ne pouvait pas se cacher dehors. Mais il allait pleuvoir. Elle n'aurait pas osé sortir toute seule. Du moins, je l'espère.

— Je n'arrive pas à croire que tu l'aies perdue, grogne Levi.

— Ce n'est pas ma faute. J'essayais de trouver une activité à l'intérieur. Ce n'est pas comme si tu avais une salle de jeux pour elle. Il n'y a pas grand-chose à faire.

— Vous auriez pu utiliser votre imagination à toutes les deux.

Il a raison. Je n'aurais pas dû suggérer le cache-cache. La maison est immense. Je ne me pardonnerai jamais si elle s'est échappée du jardin.

— Doit-on appeler la police ? demandé-je, la voix tremblante.

— Non. On ne veut pas l'effrayer si elle se cache dans la maison. Et je n'ai certainement pas besoin que ma mère apprenne que j'ai une fille en regardant informations, marmonne Levi.

— C'est ce qui te préoccupe ? Que ta mère l'apprenne ?

Je ris de l'absurdité de sa suggestion.

Il grogne et ne me répond pas. Je ne lui fais pas de reproches ; j'ai fait une erreur, et il est en colère contre moi.

— Prenons chacun un étage. Dis-lui que tu as des cookies ou des bonbons. Quelque chose qui lui donnera envie de se montrer.

— Tu veux que je mente à ta fille ?

Je n'arrive pas à croire sa suggestion. J'essaie de gagner sa confiance, pas de la manipuler.

— Non, je veux que tu trouves Amelia.

Il me bouscule en passant, montant les escaliers jusqu'au deuxième étage

Je le suis, vérifiant chaque chambre, la buanderie et la salle de bain. Je cherche encore et encore, du rideau de douche au placard sous le lavabo.

Pas de trace d'Amelia.

— Ton père a fait des cookies fraîchement cuits, crié-je dans le couloir.

J'essaie à nouveau dans ma chambre et trébuche sur la valise rose laissée légèrement ouverte.

Je suis sûre de l'avoir fermée la nuit dernière, mais il était tard après avoir fini de faire ma lessive et de ranger mes vêtements.

Je me penche, et la valise est bien plus lourde qu'elle ne devrait l'être quand je la pousse vers le mur.

Un éclat de rire surgit, et j'ouvre le couvercle, découvrant une petite fille qui crie de joie. Elle saute à l'intérieur de ma valise rigide.

Ses yeux s'écarquillent quand elle casse l'enveloppe extérieure de la valise.

— Je l'ai trouvée ! crié-je, espérant que Levi puisse m'entendre.

— Des cookies ?

Ses yeux s'illuminent.

— Des cookies à quoi ?

Les pas lourds de Levi résonnent sur le sol lorsqu'il entre dans ma chambre sans frapper. Pas qu'il ait besoin d'annoncer sa présence ; il est assez évident qu'il est là.

— Où étais-tu...

Il a sa réponse en voyant que le fond de la valise est endommagé et qu'Amelia est toujours à l'intérieur, gigotant et dansant de joie.

Levi la soulève dans les airs et la porte en bas.

— La dame de l'avion a dit que tu as fait des cookies, proclame Amelia.

— Oh, vraiment ?

Levi se retourne pour me regarder par-dessus son épaule alors que nous descendons au niveau principal.

— C'était ton idée.

Je ne veux pas décevoir la petite fille en lui disant qu'il n'y a pas vraiment de cookies.

— Oui, c'est vrai.

— Des cookies à quoi ? Aux pépites de chocolat ? demande Amelia, se tortillant dans ses bras.

— Fille de l'avion, tu sais cuisiner ? demande Levi.

Amelia tend les bras, voulant qu'il la fasse voler dans les airs comme Supergirl. Ou peut-être se moque-t-elle de moi. Mais j'aimerais penser qu'elle préfère être une super-héroïne, volant dans le couloir.

— Avec un livre de recettes. Bien que je puisse probablement trouver quelque chose sur internet, dis-je.

Je n'ai pas essayé de me connecter depuis mon arrivée au manoir. J'ai été plutôt préoccupée par le Voleur de Culottes et sa fille adorable. De plus, j'ai rangé mon téléphone dans le tiroir de la table de nuit. La seule personne qui m'envoie des messages ou m'appelle est mon ex-mari, et je ne veux pas parler avec lui.

— Il te faudra le code d'accès à internet, dit-il.

— Cela serait utile.

Je les suis tous les deux dans la cuisine. Levi pose Amelia sur le comptoir, gardant une main sur elle pour éviter qu'elle ne tombe. Il tend l'autre main vers la droite sur une étagère fixée au mur avec une demi-douzaine de livres de recettes.

Il en attrape un et le pose sur le comptoir et l'ouvre, trouvant la recette des cookies aux pépites de chocolat.

— On pourrait tout simplement utiliser de la pâte à cookies, proposé-je.

Je ne suis pas très douée en pâtisserie. Je peux faire un gâteau à partir d'un mélange tout prêt ou des cupcakes, mais mélanger les ingrédients et tout assembler, je n'ai jamais essayé.

— Je n'ai pas de pâte à cookies en stock, dit Levi.

Il pointe du doigt le garde-manger.

— La farine et le sucre en poudre sont là-dedans. Il y a des œufs frais dans le frigo.

Je suis impressionnée par la quantité de provisions dans son garde-manger et son frigo. Pour un célibataire, je m'attendais à ce que tout soit vide ou périmé.

Je prends aussi le paquet de pépites de chocolat dont nous aurons besoin pour la recette.

— Et ensuite ?

— Beurre, cassonade, bicarbonate de soude, sel et extrait de vanille.

— Doucement, dis-je, prenant un ingrédient à la fois alors qu'il les énumère à nouveau.

Je ne suis pas familière avec sa cuisine. Il me faut quelques secondes supplémentaires pour trouver chaque ingrédient. Il saisit les bols et mélange les ingrédients, suivant les indications du livre.

— Je suis surprise que tu saches cuisiner.

— Quand on était enfants, maman voulait ouvrir sa propre boulangerie. Elle faisait des cookies, des cupcakes, des tartes, tout ce qu'on peut mettre au four. Sauf qu'elle ne voulait jamais vendre ses pâtisseries. Elle les donnait.

Levi allume le four, le laissant préchauffer pendant qu'il me fait signe de prendre la grille.

— C'est plutôt mignon, dis-je.

En quelques minutes, nous étalons la pâte à cookies sur une plaque graissée et la glissons dans le four.

Amelia plonge ses mains dans la pâte restante, mais Levi l'arrête.

— Tu ne peux pas en manger tout de suite, ma chérie. Il y a des œufs crus dedans. Cela pourrait te rendre malade.

— Je veux des cookies aux pépites de chocolat, dit-elle en se tortillant jusqu'à ce que Levi la pose par terre.

— Ils seront prêts dans un petit moment, dis-je. Tu veux les regarder cuire dans le four ?

J'allume la lumière du four, et elle regarde à travers la porte vitrée, observant les cookies.

— Tu t'en sors bien avec elle, dit-il.

— C'est un compliment ?

Je suis surprise par ses paroles. C'est la première chose gentille qu'il me dit.

— Tu ne m'as pas laissé terminer ma phrase. Tu t'en sors bien avec elle quand tu ne la perds pas.

— Aïe.

Je porte ma main à ma poitrine comme si j'avais été touchée par une balle.

— Des mots durs venant du voleur de culottes.

Les yeux de Levi s'écarquillent, et il regarde derrière moi du côté d'Amelia. Est-il inquiet qu'elle puisse entendre notre conversation ?

— Tu n'as pas le droit de m'appeler comme ça, Fille de l'avion.

— Comment devrais-je t'appeler ? Patron Grognon ?

Il redresse ses épaules.

— C'est nouveau, ça.

— Eh bien, tu es un tyran autoritaire et constamment grognon.

— Non, pas du tout.

— Si.

Je cache mon sourire en posant brièvement ma main sur ma mâchoire et je me tourne vers Amelia. Elle est près du four, et bien qu'elle se contente de regarder, je ne veux pas qu'elle se brûle ou se blesse.

Le téléphone du Voleur de Culottes vibre et nous sort de notre petite rêverie.

— Mon frère est en route. Amelia, tu vas rencontrer ton oncle Connor.

Elle ne semble pas intéressée par l'information.

Je ne suis pas sûre qu'Amelia comprenne complètement que Levi est son père. Ce n'est pas à moi de m'immiscer.

Quand le four sonne, le Voleur de Culottes prend un gant de cuisine et sort le plateau chaud pendant que je retiens Amelia, la gardant hors de danger.

— On doit faire attention, c'est chaud, dis-je, voulant lui apprendre à ne pas se brûler.

J'aimerais supposer que sa mère lui a inculqué les principes de base avant qu'elle vienne vivre avec son père. Mais si elle se blesse sous ma surveillance, il ne me la pardonnera pas.

Je suis surprise qu'il ne me harcèle pas pour l'avoir perdue. Au moins, elle était dans ma chambre. Et je jure l'avoir fouillée de fond en comble. Enfin, sauf mes bagages.

Les enfants sont rusés, et Amelia ne fait pas exception.

— Écoute, je dois te prévenir. Connor peut être un peu abrasif.

— Tu avertis ta fille ou moi ?

— Toi Je veux que tu saches à quoi t'attendre si tu restes.

— Il ne peut pas être plus difficile que toi.

Levi doit avoir entendu mon commentaire car il se retourne, me fixant de son regard.

— Connor est odieux, alors que j'aime juste avoir le contrôle. C'est différent.

— Tu aimes te prendre pour un dominant, dis-je un peu trop fort.

Mais je ne pense pas qu'Amelia comprenne et elle ne prête certainement pas attention. Son regard est fixé sur les cookies que Levi dépose sur une assiette pour les laisser refroidir.

— Que sais-tu des dominants ? demande le Voleur de Culottes, me regardant par-dessus son épaule.

Sérieusement ?

— Je sais qu'ils aiment croire qu'ils sont aux commandes, mais en réalité, c'est la fille qui porte la culotte.

— Vraiment ?

Le téléphone de Levi vibre à nouveau et je jure entre mes dents.

— Garde un œil sur Amelia et les cookies. Connor arrive.

Dès que Levi quitte la cuisine, Amelia tend la main vers l'assiette de cookies.

— Ils sont chauds, dis-je.

Levi n'a pas d'assiettes adaptées aux enfants. Il n'y a rien en plastique dans les placards, ni même d'assiettes en carton qui traînent.

Je prends une petite assiette et y dépose un seul cookie.

— Et si on t'installait à table ? proposé-je, emmenant l'assiette.

La dernière chose que je veux, c'est qu'elle fasse tomber la vaisselle et se blesse avec les morceaux cassés.

Elle grimpe sur la chaise en bois et se met sur ses genoux, tendant la main vers le cookie.

— C'est chaud, lui rappelé-je, en soufflant dessus.

Elle imite mon geste avant de le toucher prudemment. Lorsqu'elle est sûre qu'il n'est pas trop chaud, ses petits doigts attrapent le cookie et il se sépare en trois morceaux, entre sa bouche, la table et l'assiette.

Amelia est très bordélique, mais elle ne s'en soucie pas du tout, ramassant chaque miette comme si en laisser une derrière elle était un crime.

Le Voleur de Culottes nous rejoint dans la cuisine, s'installant à la petite table avec deux chaises. Je ne m'assois pas. Je reste debout à côté d'Amelia, la surveillant attentivement. Je prends quelques serviettes en papier pour nettoyer le chocolat qu'elle laisse derrière elle.

— Eh bien, bonjour, dit l'homme qui accompagne Levi.

Je suppose que c'est Connor, mais les deux ne se ressemblent en rien. Sont-ils demi-frères ? Il n'y a même pas la moindre ressemblance. Alors que Levi est plaisant à regarder et fait palpiter mon cœur dans ma poitrine, Connor ne dégage pas le même sex-appeal ou la même aura.

Il est beaucoup plus petit, ses épaules s'affaissent vers l'avant. Il porte une chemise à col froissée et un pantalon qui semble un peu trop serré. Est-ce intentionnel, ou ne sait-il pas choisir ses vêtements ?

Non seulement il est plus petit que son frère, mais il pourrait aussi faire une petite coupe. Ses sourcils sont broussailleux, et je jure qu'il y a des poils d'oreille qui dépassent. Apparemment, ses cheveux poussent partout, sauf sur le sommet de sa tête – pauvre type.

Je lui offre un sourire amical alors qu'il me tend la main.

— Tu dois être la nouvelle nounou dont mon frère m'a parlé. Je suis Connor, le frère séduisant, dit-il.

J'essaie de ne pas rire. Je suis contente qu'il ait une bonne estime de lui-même et de la confiance en soi, car Connor est loin d'être au niveau de Levi. C'est comme si l'un des fils avait hérité des bons gènes et l'autre, eh bien, a manqué de chance.

— Je suis Clare, dis-je.

— Fille de l'avion, intervient Amelia en léchant ses doigts couverts de chocolat.

— Fille de l'avion ? demande Connor en riant comme s'il faisait partie de la blague. J'aime bien. Je l'aime bien, dit-il en pointant son doigt vers moi. Et je suppose que tu dois être Amelia, jeune fille.

La petite se redresse et tend sa main sale, collante et couverte de chocolat.

— Enchantée, dit-elle.

Connor éclate de rire, très amusé par son attitude, ou peut-être par sa mignonnerie. Déjà, elle pourrait être une petite version de Levi, et ils viennent juste de se rencontrer. Imaginez ses manières après quelques mois à vivre avec lui.

J'espère seulement que son mauvais caractère ne déteindra pas sur elle.

— Amelia, dit Levi. Voici ton oncle Connor. C'est mon frère cadet.

— Et le plus séduisant des Luxenberg, intervient Connor.

Le visage d'Amelia se crispe, et elle secoue la tête.

— Pas du tout.

— Peut-être que nous devrions laisser à ta nouvelle nounou le soin de départager, dit Connor en me faisant un clin d'œil. Je parie qu'elle a un goût incroyable en matière d'hommes.

Je suis reconnaissante de ne pas avoir mangé de cookie, sinon mon estomac l'aurait renvoyé. Comment vais-je m'en sortir ? Connor ne m'attire pas le moins du monde, et Levi, eh bien, je ne peux pas admettre qu'il est sexy.

C'est mon patron. Et en plus, il est grincheux ! Il est hors de question qu'il soupçonne qu'il pourrait me faire tourner la tête.

Non merci.

Je hausse les épaules et ris.

— Je ne sors qu'avec des femmes, dis-je. Je ne peux pas vraiment juger le sexe opposé.

Levi passe devant moi, récupérant l'assiette sale d'Amelia.

— Une manière de se défiler, murmure-t-il à voix basse.

Son corps reste une seconde de plus qu'il ne le devrait, et je jure qu'il essaie de me provoquer, pour prouver qu'il est le frère le plus séduisant.

Mais il ne pousse ni la question ni les limites entre nous plus loin.

— Ah oui ? dit Connor avec un sourire ironique. Tu n'as jamais rajouté un homme à l'addition ?

— Tu es sérieusement en train de demander à ma nounou si elle veut faire un plan à trois avec toi ? s'indigne Levi.

Je jure qu'il y a de la vapeur qui sort de sa tête. Sa mâchoire est serrée, et il lave la vaisselle à la main avec une éponge qui pourrait se désintégrer à tout moment.

— C'est quoi, un plan à trois ? demande Amelia.

— D'accord, ça suffit de parler de ma vie amoureuse.

Je mets en garde les deux garçons, en pointant Connor puis Levi du doigt.

— Qu'est-ce que j'ai dit ? demande Levi, la bouche ouverte.

— Ne commence pas.

Amelia descend de la chaise, et je retire le chocolat du visage et des mains de la petite fille.

La mâchoire de Levi est serrée, et ses mains se crispent sur ses côtés.

— Puis-je te parler en privé, Clare ?

La façon dont il prononce mon nom me donne des frissons.

— Oui, bien sûr, monsieur.

Il m'entraîne dans le couloir, mais il garde toujours Amelia dans son champ de vision.

— Je pense qu'il vaudrait mieux que tu prennes le reste de la journée de congé.

— Je suis désolée. Ai-je fait quelque chose d'offensant ?

Je n'arrive pas à imaginer ce que j'ai pu faire pour irriter Levi, mais il n'en faut pas beaucoup pour qu'il passe de voleur de culotte à connard irritable. Peut-être que c'est le nouveau surnom qu'il devrait porter.

La mâchoire de Levi est serrée. Il ne répond pas à ma question.

— Tu peux emprunter une de mes voitures et passer l'après-midi à faire du shopping.

— Du shopping ? Est-ce que tu as besoin que je fasse les courses ou quelque chose ?

Il a un réfrigérateur bien rempli, mais peut-être a-t-il besoin que je prenne certaines choses comme de l'après-shampooing ou autre pour Amelia.

Il déplace son poids d'un pied à l'autre et fourre la main dans sa poche arrière pour sortir son portefeuille. Il l'ouvre et me tend plusieurs billets de cent dollars bien frais.

Bon sang.

Il veut vraiment que je dégage.

D'accord, pour quatre cents dollars, je peux faire ça. Plus de questions. C'est compris.

— Y a-t-il quelque chose en particulier que tu veux que je prenne ? Des vêtements pour Amelia ?

Il se rapproche de moi et me dévisage. Je m'attends presque à ce qu'il dise de la lingerie et un soutien-gorge moins transparent.

— Comme tu veux, Fille de l'avion.

Je soupire. Sans même m'en rendre compte, je retenais mon souffle.

— Tu ne peux pas trouver un surnom plus original pour moi ?

— Oh, je peux, mais étant donné que tu es mon employée, je préférerais éviter que tu me poursuives pour harcèlement sexuel.

— D'accord, Voleur de Culottes.

Je souris en fourrant son paquet de billets dans mon soutien-gorge.

Il serre les lèvres un bref instant.

— Tu n'as pas de porte-monnaie ?

— Si, en haut, dis-je en désignant l'escalier.

— Eh bien, va le chercher, grogne-t-il.

J'acquiesce et fais un pas hésitant, mais avant de me retourner, je ne peux m'empêcher de demander :

— Est-ce que tu fais ça parce que tu ne me fais pas confiance près de ton frère, ou parce que tu ne fais pas confiance à ton frère près de moi ?

— Je ne me fais pas confiance près de toi, répond-t-il en pivotant sur ses talons. Ne reviens qu'après le dîner.

— Et qu'en est-il d'Amelia ? demandé-je.

Levi n'a-t-il pas du travail à faire à la maison aujourd'hui ? Comment parviendra-t-il à faire quoi que ce soit avec une fillette de cinq ans qui le suit partout et son frère cadet en visite ?

— Elle reste ici avec moi.

CHAPITRE CINQ

Levi

Je suis un imbécile qui jette de l'argent à la nounou en lui disant de dégager.

Mais si je ne la fais pas sortir de la maison, Connor ne la laissera pas tranquille, et maintenant qu'elle a dit qu'elle sortait avec des filles, je n'arrive tout simplement pas à me concentrer en ce moment.

Est-ce qu'elle a dit ça parce que Connor l'a mise dans une situation difficile ?

Ou est-ce qu'elle n'aime vraiment pas les hommes ?

Bordel.

Je passe la main dans mes cheveux, reconnaissant lorsqu'elle prend la voiture dans le garage et passe le portail.

Je devrais être soulagé, mais je ne ressens que de l'appréhension. J'aurais préféré que Connor parte, mais Clare va revenir.

Elle n'a nulle part ailleurs où aller, et bien que je lui aie donné quelques centaines de dollars pour s'occuper cet après-midi, ce n'est pas suffisant pour couvrir un loyer ou un hôtel à long terme.

Elle va revenir.

En plus, j'ai ses vêtements et sa valise - qui se trouve être cassé. Je dois la remplacer par quelque chose de plus solide si Amelia y a accès. En plus, c'est la moindre des choses après qu'elle ait dû supporter mon abruti de frère.

Je mets Amelia devant la télévision et trouve une chaîne de dessins animés pour la divertir.

— Tu n'avais pas besoin de chasser la nounou. J'aurais pu garder mon calme, dit Connor.

— Peu probable. Tu bavais presque devant elle. Elle s'occupe bien d'Amelia. Je ne veux pas qu'elle démissionne parce que tu l'as mise mal à l'aise.

— Je ne peux pas m'empêcher de la trouver sexy. Et j'adore comment tu lui as jeté de l'argent et lui as dit de se casser. Un vrai sugar daddy.

— C'est la nounou de ma fille. C'est tout.

— Et celle que j'aimerais bien sauter. Elle est célibataire, au moins ?

Mon estomac se serre à l'idée que Connor s'approche de la nounou de ma fille.

— Tu l'as entendue. Elle sort seulement avec des filles, dis-je, en me raclant la gorge.

Nous ne devrions pas parler de Clare.

Après le dîner, Amelia est grognon et refuse de se laver ou d'écouter une histoire avant le coucher.

— Je veux Clare, dit Amelia, en me glissant des mains et en courant nue dans le couloir.

— Et moi, je veux que tu prennes un bain.

— Pas de bain ! hurle Amelia en passant entre mes jambes, descendant les escaliers.

Mon estomac est noué, et je prie pour que la gamine ne tombe pas et ne se blesse pas. Elle glisse sur le sol en marbre, mais reprend son équilibre quand la porte d'entrée grince.

— Clare ! s'exclame Amelia en levant les bras en l'air.

— Tu es nue, dit Clare, d'un ton détaché.

Je marmonne en descendant les escaliers.

— Quelqu'un s'est échappé de la salle de bains avant que je puisse faire couler l'eau du bain.

— Pas de bain ! hurle-t-elle, en tentant de se précipiter devant Clare, mais la nounou attrape ma fille dans ses bras.

— Belle tentative, dit Clare en enlevant ses chaussures tout en tenant ma petite tornade.

Je descends les escaliers pour prendre Amelia dans mes bras et la ramener vers la salle de bain.

— Tu rentres tard, dis-je.

Ce n'était pas censé être une accusation, mais c'est ainsi que ça sonne. Pour être honnête, je suis un peu agacé qu'elle ne soit pas rentrée immédiatement après le dîner comme je l'avais demandé.

— Tu m'as dit... tu sais quoi, laisse tomber.

Clare ne se dispute pas avec moi. Elle lève une main en me suivant à l'étage.

— Quand tu auras fini de donner le bain à Amelia, j'ai des sacs dans le coffre et sur la banquette arrière pour lesquels je pourrais avoir besoin d'aide.

— Tu ne peux pas les porter toi-même ? marmonné-je.

— J'aurais besoin d'aide. Certaines choses sont assez lourdes.

Qu'est-ce qu'elle a bien pu acheter de si lourd qu'elle ne peut pas porter ? Et comment diable va-t-elle transporter tout ça quand elle partira ?

— Une nouvelle valise ? deviné-je, bien que cela ne devrait pas être trop lourd pour elle.

— Non, je n'y ai même pas pensé. J'aurais probablement dû, dit Clare.

Elle grimace comme si elle regrettait ses achats.

— Ne t'en fais pas pour ça. Dis-moi combien ça coûte, et je te donnerai la valeur de remplacement.

J'ai besoin d'une minute loin de Clare, et avec elle qui me suit à l'étage et Amelia qui gigote à nouveau, je dois trouver une nouvelle tactique.

— Et si tu lui donnais son bain ? Je vais vider la voiture.

— C'est une affaire conclue, dit Clare.

Je place Amelia dans la salle de bain et ferme la porte, les laissant toutes les deux se débrouiller. Je veux juste un instant de paix et de calme.

Je descends les escaliers, enfile mes chaussures et sors. L'air est frais, mais il fait bon. Le véhicule est déverrouillé, et j'ouvre le coffre, révélant des sacs de livres, de jouets et même quelques vêtements pour se déguiser. Tout semble être pour Amelia.

Douglas est venu plus tôt avec trois sacs de vêtements pour Amelia, mais ce n'est pas suffisant compte tenu du désordre que cette gamine fait en mangeant. De plus, tout ce qu'il a acheté était pour la météo automnale actuelle, et elle sera probablement trop grande dans quelques mois.

Je traîne les sacs dans le hall d'entrée et retourne à la voiture pour prendre le reste. Il y a même quelques boîtes sur la banquette arrière.

Je lui avais donné de l'argent pour qu'elle en profite. Je n'avais pas prévu qu'elle achèterait assez de jouets pour remplir une salle de jeux pour Amelia.

Après avoir tout transporté à l'intérieur, je rentre la voiture dans le garage et ferme la maison à clé, m'assurant qu'elle est bien sécurisée.

Je n'avais pas pensé à une salle de jeux pour Amelia. Je voulais lui acheter quelques jouets pour qu'elle puisse s'amuser et apprendre, ce qui me rappelle que je dois toujours l'inscrire à la maternelle dès demain matin.

Ma journée d'aujourd'hui m'a semblé inutile. Je n'ai toujours pas contacté ma mère, mais Connor a rencontré Amelia. C'était un bon premier pas.

Je traîne les jouets et les livres dans l'une des pièces du rez-de-chaussée. Je devrai réorganiser les meubles pour la rendre adaptée aux enfants, mais au moins les sacs et les boîtes de jouets pour Amelia ne traîneront pas au milieu du sol. Je n'ai pas besoin que Clare trébuche dessus.

J'attrape un livre pour enfants dans le sac de la librairie et le monte à l'étage.

Après que Amelia a fini de se baigner et de se changer pour aller au lit, je la mets au lit avec une histoire. Ses yeux s'illuminent quand elle se glisse sous les couvertures.

Clare regarde depuis la porte pendant une minute, un sourire pensif aux lèvres, avant de nous laisser tous les deux seuls.

J'éteins les lumières, embrasse Amelia pour lui souhaiter bonne nuit et ferme la porte de sa chambre. Clare est dans la buanderie, la lumière allumée.

Mon cœur bat la chamade, me rappelant ce qui s'est passé dans la buanderie hier soir, quand elle a découvert sa culotte en soie dans ma poche. Je vérifie à nouveau mes poches, non pas que je m'attende à ce qu'une autre apparaisse là-bas, à moins qu'elle ne l'ait mise là pour me faire une blague.

Pas de blague.

Mes poches sont vides, à part mon téléphone et mon portefeuille.

Elle enfonce les serviettes dans la machine à laver, mettant une lessive en route.

— Je ne m'attendais pas à ce que tu achètes tout ça pour Amelia, dis-je en mettant mes mains dans mes poches.

— Tu m'as donné quatre cents dollars, monsieur. Je ne pouvais pas les dépenser en choses sans intérêt.

— C'était pour toi, dis-je en faisant un pas de plus près.

Elle inhale brusquement.

— Tu n'as pas à... m'acheter, dit-elle en faisant un geste entre nous.

Mon front se plisse.

— Je ne t'achète pas, répliqué-je d'un ton méprisant. J'étais simplement gentil. Tu n'as pas apporté grand-chose chez moi. J'ai pensé que tu pourrais avoir besoin de vêtements, de produits de toilette, peu importe.

Une partie de moi espérait qu'elle achèterait de la lingerie sexy, peut-être une robe un peu trop courte pour que je puisse voir son postérieur parfaitement ferme quand elle se penche.

Je bouge inconfortablement. Je ne devrais pas avoir de pensées aussi lascives à propos de la nounou. Elle a quel âge, vingt-sept ans ? J'en ai quarante.

— Je pensais que tu me mettais dehors pour la journée à cause du commentaire de Connor sur le plan à trois, dit Clare, ramenant cette conversation à la surface.

Je grimace et frotte mon front.

— Je suis désolé qu'il t'ait dit ça, Clare. C'était totalement inapproprié.

— Plus inapproprié que de lui mentir à propos de sortir avec des filles ?

Un soulagement m'envahit. Depuis qu'elle est partie cet après-midi, je me demandais si elle sortait vraiment avec des filles ou si c'était sa manière polie de repousser mon frère. J'espérais que c'était la deuxième option, car cela signifiait que mes fantasmes pourraient un jour devenir réalité.

Mon sexe se contracte dans mon pantalon.

Calme-toi.

Ce n'est pas le moment. Elle est la nounou d'Amelia. Clare travaille pour moi. Je ne vais pas gâcher ça.

— Tu as mentionné dans l'avion que tu t'étais déjà mariée. Je n'étais pas sûr des détails, dis-je, essayant de ne pas faire de sa remarque un gros problème.

— Oh, j'aime les hommes, chuchote-t-elle, me fixant droit dans les yeux. Les hommes beaux, aux cheveux bruns, sombres et mystérieux qui disent ce qu'ils pensent et savent ce qu'ils veulent.

Mince, elle me décrit. N'est-ce pas ?

Elle ne cille même pas alors que son regard est accroché au mien. C'est dommage que ça ne puisse pas arriver. La tension sexuelle est insurmontable, mais je ne vais pas tout gâcher pour mon propre plaisir.

Amelia mérite mieux que ça.

Clare aussi.

— C'est dommage que tu n'aies pas un faible pour les pères célibataires grincheux, plaisanté-je. Parce que c'est tout moi.

Elle mordille sa lèvre inférieure et je m'approche. Je ne devrais pas.

Cette buanderie a déjà provoqué plus de drame entre nous que nécessaire. Ce n'est plus un espace sûr, mais une pièce remplie de tension sexuelle. Le petit espace la piège et fait accélérer mon pouls, mon sang bouillonne.

Je l'ai entre moi et la machine à laver.

Clare expire bruyamment, ses lèvres s'entrouvrent et ses joues rougissent à mesure que je plonge mon regard dans ses yeux clairs.

— Monsieur ?

La voix de Clare est rauque et épaisse. Je peux presque l'imaginer crier mon nom dans l'apogée de la passion.

Mon sexe se tend dans mon pantalon. J'aurai besoin d'une douche glacée après avoir été si près d'elle. Nous ne nous sommes même pas touchés, et je meurs à l'intérieur, brûlant de désir.

Je ne devrais pas être accro à une femme avec qui je n'ai même pas couché.

Et nous ne pouvons pas.

Nous ne devrions pas.

C'est la nounou de ma fille ! Je la connais à peine.

— Voleur de culottes, dit Clare, me provoquant du regard.

Je le sens dans son regard brûlant. Elle veut que je l'embrasse, que je la goûte, que je la transporte dans une passion déchaînée. C'est incroyable, et j'avance lentement, mes doigts glissant une mèche de ses cheveux blonds derrière son oreille.

— Tu ne vas jamais me lâcher avec ça, dis-je, reconnaissant qu'elle ne m'ait pas appelé par ce petit surnom devant Connor.

Une autre raison pour laquelle j'ai dû la chasser de la maison cet après-midi.

Il y a certaines choses que mon frère cadet n'a pas besoin de savoir. Le fait que je bande dur pour la nounou en fait partie.

Clare sourit malicieusement et se penche, effleurant ses lèvres contre mon oreille.

— Si tu voulais une de mes culottes, il te suffisait de demander.

J'ouvre la bouche pour lui dire que je n'avais pas prévu de la voler. Bon sang, je ne sais pas comment elle a atterri dans ma poche, mais les mots ne sortent pas.

À la place, je me penche, réduisant la distance. Mes lèvres l'écrasent avidement, brutales et rudes quand je plaque ses hanches contre les miennes, voulant qu'elle ressente ce qu'elle me fait.

Clare gémit. La douceur et la surprise qui s'échappent de ses lèvres sont comme le paradis, jusqu'à ce que je réalise qu'elle ne m'embrasse pas en retour.

CHAPITRE SIX

CLARE

Je voulais lui rendre son baiser. Il m'a pris de court. Oui, nous flirtions, et je pensais que cela ne dépasserait jamais ce stade-là.

Levi ne m'apprécie pas. Je ne suis qu'une domestique, la nounou de sa fille. Et quels que soient les sentiments qu'il pense éprouver pour moi, ils sont mêlés au fait que je m'occupe d'Amelia.

Il a probablement une sorte de fantasme selon lequel nous pourrions former une famille heureuse. Sa fille aurait une nouvelle mère, et il aurait quelqu'un pour s'occuper de la maison et de son enfant pendant qu'il travaille toute la journée.

Eh bien, devine quoi, Voleur de Culottes. Ça n'arrivera pas.

Je me faufile rapidement devant lui avant qu'il n'ait le temps de m'arrêter et je me dirige vers ma chambre, refermant la porte brusquement et la verrouillant.

Est-ce que je me comporte comme une enfant ? Peut-être, mais je préfère éviter Levi en ce moment plutôt que de faire face à ce qui vient de se passer.

Je prends des vêtements de rechange et j'attends que la voie soit libre pour me glisser dans le couloir et entrer discrètement dans la salle de bains pour prendre une douche. Il y a une serviette blanche et moelleuse sur l'étagère de la salle de bains, donc au moins je n'ai pas besoin de demander à Levi où sont les serviettes ni de le revoir ce soir.

Une douche n'améliore pas mon humeur ni ne détend la tension dans mon cou ou le picotement dans tout mon corps.

Il m'a embrassée.

Levi Luxenberg, le grognon parmi tous les grognons, m'a embrassée.

Je gémis et me trempe sous la douche, l'eau chaude remplissant la pièce de vapeur. J'aurais dû prendre un bain. Ça aurait été bien plus relaxant que de me morfondre sur mon patron.

Après ma douche, je me sèche et commence à m'habiller, me rendant compte que j'ai laissé mon short de pyjama dans ma chambre.

Je marmonne entre mes dents, enfile ma culotte, puis la chemise boutonnée qui couvre à peine mes fesses.

La serviette est trempée et n'est pas assez grande pour entourer complètement ma taille courbée sans laisser voir ma lingerie. Peu importe. Je vais me faufiler dans le couloir. J'espère que Levi n'est nulle part dans le coin.

La vapeur emplit la salle de bains et j'ouvre légèrement la porte. Pas de trace de Levi.

Ouf.

Je sors précipitamment de la salle de bains et me dirige rapidement vers la porte de la chambre, attrapant la poignée pour l'ouvrir brusquement.

— Tu as oublié quelque chose ?

Levi se tient dans le couloir, son regard sur moi ou, plus précisément, sur mes fesses.

Au moins, j'ai pensé à ma culotte.

— Va-t'en, lui lancé-je, comme si cela allait aider.

Adieu la discrétion en entrant dans la chambre. J'entre en trombe et referme la porte un peu trop fort. En grimaçant, j'espère ne pas réveiller Amelia.

Levi aurait tout à fait le droit d'être en colère contre moi si je l'avais réveillée, et je n'aurais d'autre choix que de tenter de la rendormir.

Sur mon lit se trouvent le bas de pyjama que j'ai oublié de ramener dans la salle de bains.

Est-ce que j'essaie de m'humilier devant le Voleur de Culottes ? Il volerait probablement la culotte que je porte si c'était possible.

J'enfile le bas de pyjama et me glisse sous les couvertures. Je veux que cette nuit se termine et je ne veux plus jamais faire face à Levi.

Mais demain arrivera, et je devrai faire comme si le baiser, puis le fait qu'il m'ait vue en sous-vêtements, ne s'était jamais produit.

On n'embrasse pas son patron.

Bon, techniquement, c'est lui qui m'a embrassée.

En gémissant, je saisis mon livre sur la table de chevet. Au moins, je peux m'enfouir dans quelques minutes de bonheur avant de m'endormir.

. . .

Le lendemain matin, Amelia s'introduit dans ma chambre sans prévenir.

Est-ce qu'elle a réveillé son père hier ? Est-ce pour cela qu'il est venu dans ma chambre pour me dire qu'elle était debout et avait besoin d'attention ?

— Clare, chante Amelia en grimpant sur mon matelas.

J'ai l'impression qu'elle va sauter sur le lit, et je ne veux pas qu'elle abîme mon matelas.

C'est honnêtement le lit le plus confortable dans lequel je n'ai jamais dormi. Levi connaît le luxe. Je n'aurais jamais pensé que le lit d'invités serait aussi accueillant et douillet. Voleur de culottes me surprend, même quand je ne le veux pas.

Je tire Amelia vers le bas avant qu'elle ne puisse voler dans les airs et lui chatouille le ventre. Elle gigote et rit avec excitation.

— Je veux des pancakes, annonce-t-elle.

— Je pense qu'on peut faire ça, dis-je en quittant le matelas, et elle descend avec moi.

Ses pieds font un bruit sourd. Je jure que ça fait vibrer la maison, mais elle atterrit comme une championne.

Amelia se précipite vers la porte, et Levi est déjà dans le couloir quand j'ouvre la poignée. Il se tient devant la porte de la chambre comme s'il hésitait à entrer ou à frapper d'abord.

— Tout va bien ? demande-t-il.

Ses yeux sont fatigués, et il semble tout juste sorti du lit. Il ne porte que son caleçon, et je jure qu'il a une érection matinale.

J'essaie de ne pas regarder. Je suis sûre que c'est juste— je ne sais même pas. J'essaie de ne pas baisser les yeux vers la très grosse tente qu'il dresse.

S'il s'en aperçoit, il fait semblant de ne pas le remarquer ou du moins de ne pas en être dérangé. Peut-être qu'il veut que je le voie !

Eh bien, je ne veux pas qu'Amelia le voie ni qu'elle pose des questions. Je lui couvre les yeux, surtout qu'elle est à sa hauteur, et je la dirige vers les escaliers.

— Je ne vois rien ! proclame Amelia.

Ma grande, c'est le but.

—On va bien. Réveillées et prêtes pour les pancakes, dis-je. Tu devrais te préparer.

C'est sacrément difficile de le regarder dans les yeux sans que mon regard ne glisse sur ses abdominaux ciselés.

Chaque centimètre que j'ai vu de lui est glorieux et sexy comme pas possible. Comment se fait-il qu'il n'ait pas une nouvelle femme dans son lit chaque nuit ?

Peut-être qu'en temps normal, il en a, et Amelia a perturbé sa routine les deux dernières nuits.

Tant mieux.

L'idée qu'il amène n'importe quelle fille dans sa chambre me donne des frissons dans les bras.

— Je t'aiderai pour le petit-déjeuner après m'être douché et habillé. Il y a des pépites de chocolat...

— Dans le placard, je me souviens.

— Et des myrtilles dans le frigo, ajoute-t-il.

— Ouais, les myrtilles et les pépites de chocolat ne vont pas vraiment ensemble, répliqué-je par-dessus mon épaule.

Je découvre les yeux d'Amelia alors que nous approchons des escaliers et je prends sa main, la pressant pour descendre au rez-de-chaussée pendant que Levi se douche.

Je ne peux m'empêcher de l'imaginer en train de baisser son caleçon, de se glisser sous le jet d'eau dans toute sa nudité, son sexe épais et dur.

Il va sans doute se débarrasser de cette tension matinale avec laquelle il s'est réveillé. À qui pensera-t-il en se masturbant ?

Je chasse rapidement cette pensée de ma tête.

Ce n'était qu'un baiser.

Il ne pensera pas à moi, la jeune et pulpeuse nounou qui le contrarie.

Ce n'est pas la seule chose que j'aimerais découvrir. Je me mords la lèvre inférieure. Heureusement, Levi n'est pas là et ne peut pas lire dans mes pensées. Mes pensées sont incroyablement perverses ce matin.

— Est-ce que je peux avoir des pancakes aux pépites de chocolat ? demande Amelia lorsque nous arrivons dans la cuisine.

— Bien sûr, dis-je.

Je fouille dans le placard et prends les pépites de chocolat, mais il n'y a pas de préparation de pancakes toute prête.

— Je suppose qu'on va devoir préparer la pâte, et je prends le livre de recettes sur l'étagère.

En feuilletant les pages, je tombe sur la recette des pancakes et prends les ingrédients nécessaires ainsi que les ustensiles de mesure, ainsi qu'un grand bol.

Une fois les pancakes terminés et sur la table, Levi descend, habillé en costume.

Est-ce que cet homme possède des vêtements décontractés ?

— Bonjour, dis-je, essayant d'être détendue après ce que je sais qu'il a dû faire sous la douche. Je veux dire, sinon, ne serait-il pas irrité ? Il n'a pas l'air frustré.

Pourquoi est-ce que ça m'intéresse ce qu'il a fait dans l'intimité de sa salle de bains ? C'est sa maison.

Pourquoi est-ce que j'ai même de telles pensées lubriques ?

— Bonjour, dit-il, en prenant un pancake de la pile, renonçant à une assiette.

Il porte le pancake à ses lèvres et en mange une bouchée.

Je ne pense pas qu'il essaie d'être sexy, mais bon sang, cet homme dégage une aura même quand il essaie de paraître cool.

Peut-être que j'ai besoin d'une soirée de congé, d'un corps chaud à dévorer, et je serai guérie de ce béguin pour mon patron grognon. Excepté ce matin, il n'agit pas comme le grognon que je m'attendais à voir.

— Je dois passer quelques entretiens dans des écoles privées aujourd'hui, et Amelia sera avec moi.

— Ah, d'accord, dis-je.

Je ne suis pas sûre de ce que cela signifie pour moi. Veut-il que je l'accompagne ? Préférerait-il que je reste ici pour la journée ? J'attends qu'il précise, parce que le suspense me tue, et franchement, être en sa présence toute la journée équivaudrait presque à ça.

— Mon assistante a pris rendez-vous pour trois entretiens de dernière minute dans les écoles privées les plus prestigieuses de la région. Je veux que Amelia ait le meilleur avenir possible, et cela commence par lui offrir la meilleure éducation.

— Avec des snobs riches ?

Les mots quittent mes lèvres avant que je puisse les retenir. J'aimerais vraiment avoir cette tasse de café brûlant dans laquelle je pourrais me noyer. À la place, je déplace maladroitement mon poids d'un pied à l'autre et grimace.

— Dis-moi ce que tu penses vraiment de moi.

Bien que je doute qu'il le pense vraiment, les mots continuent de sortir.

— Mis à part le fait que tu vis dans un manoir et que tu dépenses probablement plus en lessive que je ne gagne en un an ?

— Quoi ?

Il fronce les sourcils.

— Les trucs que tu achètes n'existent même pas dans les magasins.

— C'est bio et biodégradable. L'emballage est recyclable, et c'est bon pour l'environnement.

— C'est du savon.

Je ne peux m'empêcher de continuer.

— Tu penses que tu peux tout acheter. Prends-moi, par exemple. Tu m'as envoyée avec quatre cents dollars hier pour te débarrasser de moi. Tu sais à quel point c'est insultant ?

Il lève un sourcil et croise les bras sur sa poitrine.

— Je suis sûr que tu vas me le dire.

Sa langue glisse sur le côté de sa bouche un instant. Il est irrité contre moi.

Bien.

Alors peut-être qu'il n'essaiera pas de m'embrasser à nouveau ou de se masturber dans la salle de bains en pensant à moi. Je grimace intérieurement à ces pensées.

— Ne t'arrête pas maintenant, me défie Levi.

Je soupire et attrape une tasse. Le café n'est toujours pas prêt. J'ai besoin de ma dose de caféine.

— Penses-tu vraiment qu'une éducation de haut niveau quand elle est en maternelle va faire une différence pour son avenir ? Elle ira à l'école avec d'autres enfants riches et ne se rendra pas compte que ce n'est pas comme ça que la plupart d'entre nous vivent.

— Est-ce mal de vouloir lui donner toutes les chances de réussir ?

— Non, murmuré-je, sentant sa colère.

— Je n'ai peut-être pas été là pour elle pendant les cinq premières années de sa vie, mais je vais m'assurer d'être là pour le reste. Si cela signifie payer l'école un million de dollars pour financer un nouveau laboratoire de sciences et assurer son inscription alors qu'ils n'ont pas de places disponibles, je le ferai.

Je pousse un cri en réalisant à quel point il serait facile pour lui de dépenser son argent pour sa fille.

— Un million de dollars ?

Je n'ai jamais gagné six chiffres auparavant, encore moins connu quelqu'un qui ait dépassé sept chiffres.

— Tu es millionnaire ? murmuré-je.

C'est impoli. Je ne devrais même pas poser la question. Je veux dire, c'est évident avec la maison, les voitures de luxe, la façon dont il me lance des billets de cent dollars comme s'ils étaient des billets de vingt.

— Milliardaire, me corrige-t-il, en jetant un coup d'œil au-delà de moi à Amelia. Elle a fini de manger. Emmène ma fille à l'étage et habille-la. On doit être prêts à partir dans trente minutes.

CHAPITRE SEPT

Levi

Je n'avais pas l'intention de lui dire que je suis milliardaire. Clare m'irrite au plus haut point. Et penser que je ne serais pas prêt à tout pour offrir le monde à Amelia, quel genre d'homme la nounou pense que je suis ?

Je ne suis peut-être pas le plus gentil ou le plus doux, mais j'ai mes raisons, et personne ne s'est jamais plaint avant. Enfin, du moins pas en face de moi.

L'argent achète beaucoup de choses, et pas seulement les frais de scolarité dans une école privée. Sans mon nom, les académies avec lesquelles nous avons rendez-vous aujourd'hui n'auraient jamais envisagé d'accepter Amelia.

L'année scolaire a déjà commencé, et c'est une situation inhabituelle.

Amelia descend rapidement les escaliers pendant que j'attends près de la porte d'entrée, en regardant ma montre.

— Clare ? crié-je, attendant qu'elle apparaisse également de l'étage.

Elle est toujours en pyjama, mais contrairement à hier soir, elle a tout l'ensemble. Dommage. J'ai vraiment aimé la voir en culotte.

Clare passe la tête par-dessus la rampe. Elle n'est pas encore prête pour venir avec moi.

— Oui, monsieur ?

Je ne sais pas si je préfère qu'elle m'appelle monsieur ou Voleur de Culottes. J'aimerais qu'elle ne soit pas aussi formelle. Au moins, quand elle me taquine avec ce surnom scandaleux, je sais qu'elle m'apprécie.

Elle flirte avec moi, n'est-ce pas ?

Je le pensais, bon sang, j'en étais sûr. Jusqu'à ce que je l'embrasse. La chaleur entre nous avait été tentatrice, mes entrailles désirant la sentir contre moi.

Et quand je me suis penché, elle n'a pas rendu le baiser.

Qu'était-ce que ça signifiait ?

J'ai dû mal interpréter les signes.

C'est mieux comme ça. Je ne peux pas me mettre à coucher avec n'importe qui que j'embauche. Elle pourrait essayer de me poursuivre en justice, et je ne peux pas me permettre un procès. Ce n'est pas l'argent qui poserait problème ; c'est le fait qu'Amelia ne pourrait plus voir Clare tous les jours.

Bien que je doute que Clare puisse se payer un avocat non plus. Mais je suis sûr qu'un idiot serait heureux de travailler gratuitement, sachant qu'un homme comme moi règlerait l'affaire avant de laisser le procès aller jusqu'au bout.

Clare n'est pas comme Avril. Je dois mettre mes peurs de côté. Cette femme a toujours voulu mettre la main sur mon portefeuille ou mon nom de famille, celui qu'elle pourrait obtenir en premier.

Je force un sourire, en regardant Clare.

— Tu viens avec nous. Habille-toi et rejoins-nous dans la voiture. Deux minutes.

— Deux minutes ? crie-t-elle. J'en ai besoin d'au moins cinq.

— Deux minutes.

Je prends la main d'Amelia et l'emmène dehors vers le véhicule qui nous attend. Douglas est garé sous l'auvent, le moteur en marche. J'attache Amelia dans son siège-auto pendant que j'attends Clare, la porte arrière ouverte.

Je regarde ma montre alors qu'elle sort en courant de la porte d'entrée, les chaussures à la main. Elle porte une simple robe noire qui épouse ses courbes sans dévoiler de peau. Avec la robe, elle porte un gilet doré profond. Ses cheveux sont un peu désordonnés, mais elle a une pince entre les dents.

Je suis impressionné par le fait qu'elle ait mis seulement deux minutes.

Elle monte à l'arrière, et je ferme la porte, la laissant finir de se préparer.

Je m'installe à l'avant avec Douglas. Il a déjà l'itinéraire qui lui a été envoyé par mon assistante.

— Je ne m'attendais pas à ce vous ameniez la nounou, dit Douglas en me jetant un coup d'œil.

Il a plus de questions, mais il est prudent sur ce qu'il demande en présence d'une jeune fille. Amelia, en l'occurrence. Je ne suis pas sûr qu'il serait aussi prudent devant Clare. Douglas a toujours été plutôt direct.

— Je vais parler avec le directeur et je suis sûr qu'Amelia sera impatiente, et si quelqu'un de l'académie observe, je ne veux pas compromettre son inscription. Clare pourra s'assurer qu'elle se tient bien.

— Vous faites confiance à la nounou pour que l'enfant se tienne bien ? dit Douglas en éclatant de rire.

— Quoi ?

Je lui lance un regard noir.

— Les enfants se comportent généralement bien avec leurs parents ou les figures d'autorité. Pas avec la nounou.

Je regarde par-dessus mon épaule.

— Clare s'en occupera bien si elle veut rester employée, dis-je, m'assurant que la nounou entend ma menace.

— Emmerdeur, marmonne Clare entre ses dents.

— Qu'est-ce que tu viens de dire ?

Je me retourne sur le siège avant, la fixant du regard. Si je conduisais, j'aurais arrêté le véhicule pour l'effet. Cependant, cela ne nous aiderait pas à arriver à notre rendez-vous à l'heure.

— Je ferai de mon mieux, dit-elle en forçant un sourire.

— Fais mieux que ton mieux.

Je me retourne à nouveau vers l'avant. Je ne veux pas admettre que je suis nerveux pour Amelia. Mon assistante m'a expliqué qu'elle devra passer un examen d'entrée pour les trois académies. Même l'argent ne peut pas garantir une place si elle est trop en retard. Je pourrais embaucher un tuteur, si nécessaire, mais elle ne serait pas admise avant l'année prochaine si elle ne réussit pas l'examen.

Elle a cinq ans.

Quel genre d'examen vont-ils lui faire passer ?

Est-ce qu'on s'attend à ce qu'elle sache lire ? Écrire ?

Je ne sais pas ce que la petite est capable de faire. Katelyn était responsable de son éducation préscolaire. Je suis sûr qu'elle a été envoyée dans un programme d'éducation précoce, mais ils n'ont peut-être pas mis l'accent sur autre chose que l'apprentissage des lettres et des chiffres.

Je prie pour qu'elle en sache autant. J'aurais dû m'asseoir avec elle hier et travailler sur des fiches mémo pendant que Connor était là. Mais je n'ai pas réalisé l'étendue de ce qui lui serait demandé avant tard hier soir.

Lorsque nous arrivons à la première école, l'un des responsables nous fait visiter avant de conduire Amelia dans un petit bureau. Je demande à Clare d'attendre dans le couloir pendant qu'ils administrent l'examen.

Elle obéit sans une once de préoccupation.

Je suis la directrice dans son bureau pour parler d'Amelia.

— Comme je l'ai dit à votre assistante au téléphone, M. Luxenberg, tout repose sur les résultats d'Amelia aux tests.

La femme pousse ses lunettes sur son nez car elles semblent glisser sans cesse.

— Je comprends, et sachez que si je dois lui trouver un tuteur, je suis plus que disposé à le faire pour lui assurer la meilleure éducation possible.

— Si je peux me permettre d'être franche avec vous, c'est très inhabituel qu'un enfant s'inscrive après le début de l'année scolaire.

Nancy n'a-t-elle pas expliqué la situation ?

— La mère d'Amelia, Katelyn, est décédée il y a quelques jours seulement. Elles vivaient à Chicago. Toute cette situation n'est pas du tout ce à quoi nous nous attendions.

— Pouvez-vous me parler de l'école que fréquentait votre fille ? Nous n'avons pas encore reçu ses dossiers précédents.

— Cela ne fait que quelques semaines. Il n'y a pas de relevés de notes pour le début du semestre de sa première année.

Elle soupire, réalisant sa méprise.

— Était-elle dans une école privée à Chicago ?

— Je ne pense pas.

— Comment pouvez-vous ne pas savoir ?

— Sa mère ne m'a jamais parlé d'Amelia.

— Et pourquoi cela ? demande-t-elle.

Je sais qu'elle me juge, pensant que je ne dois pas être digne car je ne savais pas que ma fille existait.

— Je suppose que c'est à cause de ma richesse et de la renommée qui l'accompagne. Katelyn n'aimait pas être sous les projecteurs et ne voulait pas ça pour notre fille.

— Pour être honnête, M. Luxenberg, je ne suis pas sûre que notre école soit le bon choix pour votre fille. Nous aimons les parents impliqués dans l'éducation de nos élèves, et nous voulons inculquer les valeurs appropriées que nous croyons nécessaires pour le succès de nos élèves.

— Est-ce que vous me dites sérieusement que ma fille n'est pas assez bonne pour votre école simplement parce que je n'étais pas au courant de son existence jusqu'à la semaine dernière ?

Je me lève, la chaise grince contre le sol en glissant sous moi.

— Vous savez quoi, laissez tomber. Amelia est trop bien pour votre académie snob.

Je sors de la pièce.

Clare est assise dans le couloir avec Amelia à ses côtés.

— On part. Maintenant ! lancé-je en attrapant la main d'Amelia et en la traînant presque de sa chaise.

Le front de Clare est plissé, mais elle me suit. J'ouvre la porte en sortant du bâtiment en silence.

Ce n'est que lorsque Amelia est attachée sur la banquette arrière et que Clare s'installe à côté d'elle qu'elle parle.

— Qu'est-ce qui se passe ?

— Rien, dis-je d'un ton sec. Amelia n'ira pas dans cette école.

— D'accord.

Clare ne pose pas plus de questions, et je suis soulagé, car cette école n'était pas adaptée.

La prochaine ne l'est pas non plus, ce qui m'inquiète car il ne nous reste qu'une seule école.

— Puis-je faire une suggestion ? dit Clare, d'une voix douce et calme.

— Je suis sûr que tu en feras une, que je veuille l'entendre ou non.

Ces directeurs prétentieux m'ont mis de mauvaise humeur. Je pensais qu'ils seraient reconnaissants d'avoir la chance de construire un nouveau laboratoire de sciences ou d'ajouter une aile à l'établissement avec mon don d'un million de dollars, mais apparemment, quand tous les parents font déjà d'énormes dons, cela ne semble pas être grand-chose.

Ou peut-être que c'est moi et que cela n'a rien à voir avec l'argent.

Peu probable.

Je ne suis pas M. Soleil, mais je peux gérer un entretien pour mon enfant.

— Et si nous allions à l'entretien ensemble ?

— Quoi, comme un couple ? ricané-je devant sa suggestion.

Nous ne sommes pas un couple.

Elle ne veut même pas m'embrasser en retour. Pas qu'elle aurait dû. J'ai dépassé les limites hier soir, effleurant mes lèvres contre les siennes. La désirer n'est rien de plus qu'un fantasme obscène. Je suis sûr que c'est parce que c'est la nounou. C'est comme un fruit défendu ; je veux ce que je ne peux pas avoir. Ou plutôt, ne devrais pas avoir.

— Non, comme si tu étais son père, et moi sa nounou.

Je me frotte le front, en réfléchissant à sa suggestion, tandis que Douglas se gare devant l'école.

— C'est le dernier pour aujourd'hui, dit-il. Clare a raison. Parfois, une approche plus douce peut être utile.

— Clare n'est pas du tout douce.

Depuis notre première rencontre, cette femme est une vraie plaie. Vais-je vraiment lui faire confiance pour que l'entretien réussisse ? Et cela suppose qu'Amelia réussisse l'examen. Aucune école ne nous a indiqué si elle avait une chance réaliste d'être acceptée. J'ai claqué la porte avant que les résultats ne soient communiqués.

— Je pense qu'elle apporte une approche douce, dit Douglas. Vous avez dit que vous avez gâché les deux derniers entretiens. C'est la dernière école, à moins que vous ne prévoyiez de faire voler votre enfant en jet tous les matins pour l'emmener à la maternelle.

— Cela m'a traversé l'esprit, dis-je.

Clare détache Amelia, et nous sortons du véhicule. J'espère que Douglas a raison et que Clare ne gâchera pas les chances de ma fille d'entrer dans une école privée.

Amelia marche devant nous tandis que Clare est à mes côtés. Je lui attrape le poignet, la rapprochant.

— Ne fais pas tout foirer, lui chuchoté-je à l'oreille.

Clare lève un œil curieux.

— Je n'ai pas gâché les deux derniers entretiens.

On nous fait visiter l'école et le terrain. Elle ressemble aux deux précédentes, avec des équipements de jeux, un laboratoire informatique, un laboratoire de sciences, des salles de classe, etc. Je n'ai pas l'impression qu'une école privée soit très différente d'une autre.

— Bienvenue, M. et Mme Luxenberg, dit l'homme en nous tendant la main. Je suis le directeur, Martin Walker.

— Mademoiselle Raine, dit Clare, lui tendant la main. Nous ne sommes pas... Je suis la nounou.

Flirterait-elle avec lui ?

Mon estomac se retourne, et mes mains se serrent en poings.

— Oh, c'est très inhabituel. Nous ne rencontrons normalement pas la nounou, dit Martin.

Je force un sourire.

— Elle a été une véritable aide ces derniers jours.

Amelia est avec l'un des membres du personnel, passant un autre test.

— Parlez-moi d'Amelia, dit le directeur.

J'ouvre la bouche, mais Clare prend le contrôle du sujet.

— Elle est si brillante et désireuse d'apprendre. Je suis avec Amelia depuis seulement quelques jours, compte tenu de la situation récente, mais elle adore lire. Chaque soir, elle se blottit avec un livre avant d'aller se coucher. Et elle passe une bonne heure à lire avec son père.

— C'est bien, dit Martin avec un hochement de tête. Et concernant la récente perte de sa mère ? Je suis désolé d'être aussi direct, mais nous devons savoir si nous devrons faire face à des problèmes comportementaux.

Mes joues brûlent, et je suis furieux. J'ouvre la bouche, mais Clare me devance, encore une fois.

— Je suis sûre que vous pouvez imaginer à quel point cette situation est difficile pour un si jeune enfant. Être déracinée et amenée dans une nouvelle ville. Je dirais, compte tenu des circonstances, qu'elle se débrouille très bien. Je suis certaine qu'elle est en deuil et le sera pendant un certain temps, étant donné la perte de sa mère, mais Amelia n'a montré aucun signe de problèmes comportementaux qui pourraient poser problème.

— Je peux vous assurer, M. Walker, que j'ai pris rendez-vous avec un pédopsychiatre pour ma fille plus tard cette semaine.

— Par mesure de précaution, ajoute Clare. Perdre sa mère dans de telles circonstances malheureuses et le voir peut être traumatique. Son père veut anticiper tout issue comportementale avant qu'elle ne se présente.

— Bien.

Il hoche la tête.

— Laissez-moi vérifier si Amelia a terminé son examen. Si vous deux voulez bien attendre ici.

Martin sort du bureau en fermant la porte et nous laisse seuls.

— Ça s'est bien passé, dit Clare en m'adressant un sourire victorieux.

— Tu penses ?

Je n'arrive pas à savoir. Je me sens cynique après avoir fait foirer les deux entretiens précédents.

— Excellente nouvelle, dit M. Walker en ouvrant la porte. Amelia s'en est très bien sortie et est prête à être inscrite.

— Super. Il y a autre chose. Elle ne pourra pas venir à l'école la semaine prochaine à cause d'un voyage en Europe. Je dois voyager pour le travail, et compte tenu des circonstances récentes, je suis sûr que vous comprenez pourquoi je ne voudrais pas la confier à quelqu'un.

— Même pas à votre nounou ? dit M. Walker, fronçant les sourcils.

Ai-je été trop loin ? Peut-être aurais-je dû attendre encore une semaine avant de planifier les entretiens. Il est trop tard maintenant.

— Clare nous accompagnera lors du voyage. Comme je l'ai dit, je pense que c'est dans l'intérêt de la santé mentale d'Amelia.

Il est silencieux, pensif.

— Je ne suis pas content de cela, et nous ne pouvons pas commencer cette semaine pour l'arracher de l'école la semaine prochaine. Si vous le souhaitez, nous pouvons commencer ses cours en ligne, et votre nounou, Mlle Clare, pourrait l'aider avec ses devoirs jusqu'à ce qu'elle soit de retour dans le pays pour commencer son éducation proprement dite.

— Parfait, dit Clare, en tendant la main avant que je puisse intervenir et gâcher les arrangements.

Clare et Amelia sortent pendant que je remplis les derniers papiers et un chèque pour l'inscription d'Amelia. Une fois que j'ai fini, je les rejoins toutes les deux. Amelia se balance tête en bas sur le terrain de jeux.

— Allons, il est temps de rentrer à la maison.

J'attrape Amelia sur l'aire de jeux, et elle se plaint. Je ne suis pas prêt pour les pleurs.

— Je parie que tu as faim, dit Clare. J'ai des collations dans la voiture.

Les yeux d'Amelia s'illuminent, et elle attrape la main de Clare tandis qu'elles se dirigent toutes deux vers notre véhicule en attente. Douglas se tient à l'extérieur, le dos appuyé contre la voiture, son téléphone à la main. Il pose son téléphone lorsqu'il nous voit approcher.

— Des bonnes nouvelles ? demande-t-il, mais je suis sûr que le sourire éclatant de Clare en dit long sur le fait que ça s'est bien passé.

Nous remontons dans le véhicule, et elle me tapote l'épaule une fois que nous sommes sur la route.

Je me retourne vers elle.

— Oui ?

— C'est quoi cette histoire de voyage en Europe ?

C'est sorti tout seul, sous l'effet de la pression.

— Dis-moi que tu as un passeport, dis-je.

— J'en ai un. Il est dans mon sac.

Je soupire de soulagement. Obtenir un passeport, même en urgence, prendrait quelques semaines.

— Tu m'emmènes vraiment en Europe ?

J'envoie un SMS à mon assistante pour ajouter Clare et Amelia au vol. Bien que je lui aie mentionné de réserver des chambres communicantes à l'hôtel, je veux m'assurer qu'Amelia est bien incluse dans le vol.

Heureusement, Amelia a aussi un passeport. Katelyn l'a emmenée en Australie pour un voyage exotique il y a deux étés, le tampon sur son passeport est une preuve de leur aventure ensemble.

Je doute qu'Amelia s'en souvienne, mais je suis reconnaissant que les deux aient des passeports, et de ne pas avoir à reporter le voyage.

— Paris, si tout se passe comme prévu, dis-je. Je dois te prévenir, nous y allons strictement pour les affaires, pas pour le plaisir.

Douglas me jette un coup d'œil, se demandant probablement ce que diable je fais.

— Bien sûr, dit Clare. Tu ne m'as jamais dit ce que tu faisais comme travail.

Ah oui.

— Je dirige Luxenberg Enterprises, dis-je.

— La chaîne d'hôtel ? s'exclame-t-elle.

Je me retourne pour la regarder.

— Oui. Pourquoi ?

— Celui de New York, aussi ?

— C'est exact.

Où veut-elle en venir ?

— Oh mon Dieu. Connor, ton frère, c'est le même Connor qui travaille à l'hôtel Luxenberg en ville. N'est-ce pas ?

Sa bouche reste béante.

Je ne vois pas le problème. Est-ce qu'elle le connaît ?

— Oui, c'est le directeur de cet hôtel.

Je ne lui dis pas que je ne le laisserai pas s'approcher du reste. J'aurais préféré qu'il vive dans une petite ville perdue et qu'il dirige l'hôtel de celle-ci, plutôt que l'un de nos plus grands établissements du pays.

Elle pousse un cri et sort son téléphone.

— A qui écris-tu ?

Je tends la main pour attraper son téléphone, mais elle le garde hors de ma portée. Je jure que si elle prévoit de dire à un journaliste qu'elle est la nounou de mes enfants, je la renverrai plus vite qu'elle ne pourra sauter d'un véhicule en mouvement. Car c'est ce qu'elle aura de mieux à faire si elle me trahit.

S'enfuir.

Se cacher.

Essayer d'échapper à ma colère.

— Ton frère a viré ma meilleure amie et lui a fait des remarques sexuels inappropriés.

Je fixe Clare. C'est la première fois que j'entends parler de ça.

— Elle n'a pas déposé de plainte auprès des ressources humaines, dis-je.

Si la femme l'avait fait, tout détail concernant le harcèlement sexuel aurait été enquêté et discuté entre les dirigeants, moi compris.

— Comment aurait-elle pu le faire ? Il l'a virée. Il lui a dit qu'il la laisserait garder son travail si elle lui faisait une gâterie.

— C'est quoi une gâterie ? demande Amelia.

— Merde, grogné-je.

— Ce n'est pas un joli mot, dit Clare, offrant un sourire faible, réalisant peut-être sa faute et essayant de la rectifier avant que les dégâts ne soient plus graves.

Je ne corrige pas Clare en disant que cela peut être un mot vraiment agréable, lorsqu'il est utilisé correctement entre adultes consentants.

Mais elle a raison. Je ne veux pas que ma fille utilise ce mot quand elle ira à la maternelle.

— Je vais le tuer, murmuré-je un peu trop fort. Donne-moi le nom de la fille qui fait les accusations.

— Non, dit Clare, en fourrant son téléphone dans son sac.

— Laisse-moi lui parler, grondé-je.

Pourquoi est-ce que Clare peut si facilement me frustrer et m'irriter ? J'essaie de faire une bonne action. J'aimerais entendre le côté de cette femme et l'aider. Si elle a été licenciée injustement, je pourrais lui offrir un autre poste, une autre position loin de mon foutu frère.

Connor sera toujours un problème, quoiqu'il arrive. Mais je ne peux pas le virer. Il n'a aucune capacité de travailler ailleurs. Et c'est la famille.

Même si je pense que son éthique de travail et ses valeurs sont merdiques. Chaque fois que je me présente à l'hôtel, le personnel m'informe qu'il n'est jamais là. On dirait qu'il ne passe pas plus de quelques heures par semaine au travail. Il vient pour le chèque.

Cependant, si ce que dit Clare est vrai et que son amie a été harcelée sexuellement, je ne peux pas le laisser directeur de l'hôtel. S'il a fait ça à cette fille, combien d'autres a-t-il intimidées, ou pire, contraintes ?

Mon estomac se retourne aux affreux scénarios qui me traversent l'esprit.

— Donne-moi son numéro.

Ce n'est pas une question. Je vais obtenir l'information de Clare, d'une manière ou d'une autre.

— Non.

Elle croise les bras sur sa poitrine. Son téléphone est hors de ma portée, et à moins que je ne puisse le récupérer, le déverrouiller et vérifier qui est le contact, je ne vais pas avoir beaucoup de chance.

— Pourquoi pas ? Pourquoi ne l'aides-tu pas ? demandé-je. Je pensais que c'était ton amie.

Douglas s'arrête devant la maison et compose le code pour entrer dans la propriété. Il a été silencieux tout ce temps. C'est un homme intelligent.

Dès qu'il arrête la voiture, j'ouvre la portière. Je n'attends pas qu'il fasse le tour et l'ouvre pour moi.

J'ouvre la porte de Clare pendant qu'elle aide Amelia à sortir de son siège auto.

— Je ne te donnerai pas son nom, mais je lui dirai que tu aimerais parler. Si elle est d'accord, alors j'organiserai une rencontre.

— Si ? Tu n'es pas son avocate, Clare. Tu n'as pas à la protéger. C'est une adulte.

— Une adulte qui veut probablement préserver son intimité. D'ailleurs, tu te souviens du jour où je t'ai dit que je pouvais dormir sur le canapé de mon amie, celle qui vivait avec la bratva ?

Je me racle la gorge, devenant mal à l'aise face à la direction que prend cette conversation. J'ouvre la porte d'entrée, laissant Amelia entrer dans la maison. Elle n'a pas besoin d'entendre ça, mais je ne peux pas exactement l'envoyer dans la salle de jeux pour l'occuper. La pièce n'est pas encore aménagée. Elle n'est pas prête pour elle.

Bon sang, je ne suis toujours pas prêt pour un enfant, mais elle est là, et tout cela est bien réel.

C'est ma vie.

Et je ne veux pas me mêler de près ou de loin à la bratva. Ce sont des mafieux russes. Ils sont rusés, cruels, impitoyables et tueront quiconque se mettra sur leur chemin.

C'est pourquoi j'ai accepté d'accueillir Clare chez moi, pour la protéger. Elle m'agaçait au début quand je l'ai rencontrée, et c'est toujours le cas, mais elle ne mérite pas de côtoyer des hommes qui massacrent des innocents et qui accrochent probablement leurs têtes comme des trophées sur le mur.

— Où cela nous mène-t-il ?

Je serre les dents et ferme la porte derrière nous.

Douglas s'en va, nous laissant beaucoup d'intimité, mais Amelia nous regarde tout de même.

— Amelia, va là-bas. Clare t'a acheté de nouveaux jouets hier.

Je montre du doigt la pièce où j'ai entassé tous les cadeaux. Il y en a assez pour que ce soit comme Noël. Et bien que j'aimerais voir sa surprise, je préfère qu'elle n'entende pas nos disputes.

Amelia sautille dans la pièce qui sera désignée comme salle de jeux après que j'aie déplacé les meubles et peint les murs. Sans oublier de déballer tous les jouets. Je ne suis pas sûr qu'Amelia puisse ouvrir tous les emballages, mais il y a au moins une peluche que j'ai vue qui n'est pas enfermée dans du plastique et du carton.

Clare bouge les pieds et croise les bras sur sa poitrine.

— Maintenant, c'est quoi cette histoire de bratva ? chuchoté-je avec colère, en l'attrapant par le bras et en la rapprochant.

Je ne veux pas qu'Amelia entende un mot de notre conversation.

La nounou me regarde, son regard ne fléchissant jamais.

— Mon amie, dit-elle, veillant à ne pas révéler le nom ou l'identité de la femme. Vit avec la bratva. Son petit ami est de la bratva. Enfin, techniquement, son fiancé. Ils sont fiancés.

— Je ne veux pas que tu te rapproches de la bratva.

— Ou quoi ?

— Je te mettrai à la porte, grogné-je. Si ton amie ou l'un de ses camarades se trouve dans le champ de vision de ma fille, tu regretteras le jour où tu m'as rencontré.

— C'est une grosse menace, dit Clare.

Je m'attendais à ce qu'elle marmonne qu'elle regrette déjà de m'avoir rencontré, mais je suis reconnaissant que la conversation n'aille pas dans cette direction.

— Et je le pense, dis-je, lâchant son bras.

Mes mains se crispent sur mes côtés.

— Ces hommes sont des monstres, et je ne veux pas que ma fille soit près d'eux.

— Je te promets qu'elle sera en sécurité.

— Laisse-moi en juger, dis-je.

Si elle pense que côtoyer quiconque a un lien avec la bratva est sûr, elle se trompe.

Complètement.

CHAPITRE HUIT

CLARE

J'aimerais vraiment éviter le regard brûlant de Levi, mais c'est impossible. Nous sommes tous les deux d'accord pour mettre un terme à la discussion sur mon amie Sadie, même si je ne lui ai jamais donné son nom. Je m'assure aussi d'effacer les SMS qu'elle m'a envoyés lorsqu'elle m'a demandé de la rejoindre pour boire un verre, il y a quelques mois de cela. Ce n'est pas que je ne fais pas confiance à Levi pour respecter ma vie privée et laisser mon téléphone tranquille, mais je ne le connais pas très bien.

Après avoir été mariée à un homme qui s'emparait de mon téléphone et entrait mon code d'accès (qui était ma date d'anniversaire) pour voir mes messages et mes photos sans ma permission, j'ai du mal à accorder ma confiance aux gens. Je voudrais bien faire confiance à Levi, mais notre relation est un peu compliquée depuis le début. C'est en grande partie de ma faute. J'ai reçu le surnom mérité de « fille de l'avion », et je peux considérer que je suis chanceuse que cela n'ait pas été quelque chose de plus difficile. Je méritais sa colère, mais au lieu de cela, il m'a ouvert les portes de sa maison.

Je n'arrive toujours pas à comprendre comment j'en suis arrivée là, à travailler pour un milliardaire et sa fascinante petite fille. Même si nous ne sommes ici que depuis quelques jours, cela semble étrangement familier.

L'après-midi suivant, Amelia m'aide à choisir la couleur de peinture pour la salle de jeux. Levi et Douglas déplacent les meubles, certains sortant de la pièce. Je recouvre le reste avec des bâches avant que nous n'ouvrions la peinture.

Amelia a choisi "Pétale perpétuel" comme couleur pour la salle de jeux, un rose très vif. Je pensais que Levi ferait une crise et insisterait pour qu'une autre couleur que le rose soit choisi. Mais à ma grande surprise, il a simplement acheté un pot de peinture, des pinceaux et des rouleaux.

N'ayant pas de vieux T-shirt miteux, Levi m'en a prêté un. Il présente quelques trous dans les manches, mais il est doux et visiblement bien entretenu. Une odeur unique émane de lui, un parfum masculin chatouillant mon nez. J'essaie de ne pas inhaler une grande bouffée, mais mon corps réagit à cette odeur comme une lionne en chaleur.

Pourquoi est-ce que je ressens de l'excitation en présence de mon patron, le plus grincheux de tous les grincheux ? M. Voleur de culottes en personne. J'aurais tellement aimé pouvoir avoir une nuit de congé et sortir avec des amis, mais il m'a bien fait comprendre que Sadie était interdite.

Je soupire. Ce ne sont pas des pensées appropriées. C'est mon patron.

— Qu'est-ce qu'il y a ? me demande Levi.

Il a dû m'entendre soupirer, mais je ne dis rien. Je continue de peindre le mur avec le rouleau, essayant de terminer cette pièce rapidement. Ce n'est pas que je n'aime pas peindre, mais l'odeur est forte et je doute que ce soit bon pour Amelia.

— Rien, dis-je d'un air dédaigneux, ne lui révélant pas les pensées qui me traversent l'esprit, ni comment il réveille des sentiments et des désirs qui dormaient depuis avant mon mariage.

— Mensonge, rétorque-t-il.

Son pinceau me frappe sur les fesses.

— Hé !

Levi rit.

— Quoi ? Tu ne veux pas un peu de couleur sur tes joues ?

Sa fille est dans la pièce !

— Levi ! m'écrié-je, écarquillant les yeux.

Amelia est concentrée sur sa tâche, continuant de peindre le mur avec son pinceau. Heureusement, il ne lui a pas donné beaucoup de peinture, alors ça ne dégouline pas. Nous devrons reprendre la zone qu'elle a peinte avec le rouleau.

— Allez, détends-toi, dit-il en s'approchant.

Un frisson involontaire me parcourt le corps, et j'espère qu'il ne réalise pas l'effet qu'il a sur moi.

— Tu as taché mon T-shirt.

Je fais semblant d'être offensée.

— Mon T-shirt, grogne-t-il, s'approchant encore plus.

Je peux presque le goûter. Ses lèvres sont proches des miennes. Techniquement, c'est le sien, mais c'est moi qui le porte.

— Il est à moi maintenant, dis-je avec un sourire arrogant.

Il secoue la tête, m'attrape et me donne une fessée, sa main atterrissant dans de la peinture fraîche.

— Tu es une sale gosse. Tu le sais ?

Je ris, surprise par la claque sur les fesses. Je ne m'attendais pas à cela de sa part. Le pinceau, c'est une chose, mais sa main me donne des frissons dans tout le corps.

— À quoi t'attendais-tu ? dis-je en haussant les épaules, feignant de m'en moquer.

J'essaie de cacher mon sourire, de détourner le regard et de lui tourner le dos, mais je ne peux pas effacer le sourire, même si j'essaie de penser à autre chose.

— J'attends de la nounou qu'elle m'obéisse, dit-il en me tirant vers lui.

Je sursaute lorsque sa bosse rencontre mon corps. Je tends la main derrière moi, cherchant à m'assurer que ce que je ressens n'est pas le manche du pinceau et que c'est bien ce que je pense.

— Clare, grogne-t-il, essayant visiblement de se contrôler. Je te jure que si tu continues...

— Et qu'est-ce que tu vas faire ?

Je me retourne pour le faire face, fixant son regard sombre et brûlant. J'attends sa menace.

Il jette un coup d'œil sur ma bouche, ses yeux sont lourds, mais il ne se penche pas pour m'embrasser comme je le voudrais. Je devrais peut-être me pencher moi-même et lui montrer ce que je veux. Mais au moment où je me mets sur la pointe des pieds pour le faire, il se retire et s'éloigne.

— Je vais finir. Amelia doit prendre une douche et être prête pour le dîner.

— Tu es sûr ? Je peux continuer à aider.

— Tu en as déjà fait assez, grogne-t-il.

Pourquoi est-il toujours si grincheux ?

Sans un mot de plus, je dépose gracieusement le rouleau de peinture et je prends le pinceau d'Amelia, le mettant avec le mien avant que nous nous dirigions vers les escaliers.

Je la porte dans les escaliers, faisant attention de ne pas laisser de traces de peinture sur le sol, la rampe ou les murs. Au moins, je sais être prudente.

Elle se déshabille dans la salle de bains et je fais couler la douche, attendant que la température monte avant de l'inviter à entrer dans la cabine.

Je l'aide à se débarrasser de la peinture, utilisant beaucoup de savon pour enlever le rose vif de ses cheveux, de sa peau et de presque tous les endroits imaginables. Malgré l'utilisation d'un pinceau si petit, Amelia semble porter plus de peinture qu'il n'en reste dans son gobelet.

— C'était amusant, me dit-elle avec le plus grand sourire que j'aie jamais vu.

Je ne devrais pas être surprise qu'elle ait aimé peindre. Cette enfant aime probablement tout ce qui implique de se salir. Une fois qu'elle est propre, je l'envoie jouer tranquillement dans sa chambre pendant que je saute dans la douche et que j'enlève la peinture de mon propre corps.

Cela prend plus de temps. La peinture a séché depuis la douche d'Amelia. Je frotte les restes, la plupart sur mes mains, un peu sur mes cheveux. Le T-shirt que Levi m'a prêté est mort, mais c'est sa faute. Au moins, mon short en jean a réussi à survivre à l'assaut de la peinture, puisque son T-shirt recouvrait mes fesses.

Je termine la douche et ferme l'eau. En ouvrant la porte vitrée, je grogne quand je vois qu'il n'y a pas de serviettes propres dans la salle de bains. J'ai utilisé la dernière sur Amelia.

— Levi ! crié-je, mais il ne vient pas.

Il est occupé à peindre, ou peut-être qu'il m'ignore.

J'essore l'excès d'humidité de mes cheveux avant d'ouvrir la porte de la salle de bains. Je me dirige vers la buanderie quand j'entends les pas de Levi dans l'escalier.

Merde.

Je me précipite dans la pièce et claque la porte, poussant un soupir de soulagement.

Sauf que maintenant, j'ai des serviettes, mais mes vêtements sont toujours dans la salle de bain.

Je n'ai vraiment pas de chance.

J'ouvre le sèche-linge pour récupérer une serviette quand la porte de la buanderie s'ouvre légèrement. Je la referme d'un coup de pied.

— Clare, qu'est-ce qui se passe ?

— J'ai besoin d'une serviette, dis-je en en prenant une dans le linge propre.

Je l'enroule hâtivement autour de moi. Si j'avais quinze kilos de moins, elle pourrait tenir autour de mon corps, peut-être.

J'attrape une deuxième serviette et m'en sers pour finir de couvrir mon ventre, me doutant qu'il se tient toujours de l'autre côté de la porte.

Une fois couverte, mais pas tout à fait, j'ouvre la porte de la buanderie. Levi se tient de l'autre côté. Il est toujours couvert de peinture, mais il ne porte pas de haut.

— J'allais juste jeter ça dans la machine à laver, dit-il en mettant son T-shirt en boule. Je devrais prendre les vêtements que tu avais aussi. Ils sont toujours dans la salle de bains ?

Avant que je puisse répondre, il se tourne et se dirige vers la pièce, attrapant mes vêtements sales ainsi que ceux d'Amelia, qui gisent en tas sur le sol.

Sur le dessus se trouve ma culotte, le même satin rouge qu'il avait glissé dans sa poche il y a quelques jours.

L'embarras me brûle les joues. Ce n'est pas comme s'il ne savait pas que je porte une culotte et un soutien-gorge, mais le fait qu'il voie mes sous-vêtements me met très mal à l'aise.

— Ne mélange pas ma culotte et mon soutien-gorge avec la peinture !

Je retire mes sous-vêtements du haut de la pile.

— Je sais faire la lessive.

— Bien sûr, tu es le voleur de culottes.

Il gémit et s'approche, envahissant mon espace personnel, tout en bloquant la porte. J'ai deux serviettes pour ne pas dévoiler mon corps, et il est à moitié déshabillé.

Je serre ma lèvre inférieure entre mes dents.

Mon patron ne m'excitera pas.

Je chante le mantra silencieux dans ma tête. Est-ce que ça marche ? Non, mais au moins ça me distrait.

Levi me fixe, plus longtemps qu'il ne le devrait, avant de se pencher et d'effleurer mon oreille de ses lèvres.

Mes yeux se ferment involontairement et j'essaie de ne pas trembler.

— J'aime le rouge. J'espère que tu les portais pour moi.

L'air est aspiré de mes poumons, et Levi se retourne, emportant les vêtements sales avec lui dans la buanderie, et je reste là, abasourdie, les jambes tremblantes. Pourquoi a-t-il la capacité de me donner l'impression d'être à nouveau vierge ?

————

Je ne vois pas Levi pendant les quatre jours qui suivent. Et ils sont longs et atroces. Il n'y a pas de flirt, pas de remise en question de tout ce que l'un d'entre nous dit.

Il s'est enterré dans son bureau au travail et s'est rendu indisponible pour Amelia et moi.

Ai-je fait quelque chose de mal ?

Est-ce que c'est quelque chose que j'ai dit ? Ou peut-être n'ai-je pas dit ?

Il m'aime bien. Je veux dire, je pense qu'il m'aime bien. Il flirte avec moi. C'est une évidence. Mais je ne suis pas douée pour la drague et je ne mords pas toujours à l'hameçon. Peut-être qu'il a décidé que c'était fini pour lui et qu'il veut garder une relation strictement professionnelle.

Je ne le lui reprocherais pas. C'est probablement mieux ainsi, même si ce n'est pas nécessairement ce que je veux.

Je le veux, lui.

J'ai envie de lui, de son corps, de son toucher, de son odeur qui m'enveloppe. Après avoir passé l'après-midi à peindre dans son T-shirt, même après ma douche, je pouvais encore le sentir.

Cela fait plus d'une semaine que nous nous sommes rencontrés. Huit jours exactement, et il ne m'a pas encore renvoyée ou mise à la porte. Je considère que c'est un progrès.

Levi n'a pas non plus mentionné s'il était toujours intéressé par un entretien et l'embauche d'une autre nounou ou si j'avais passé la période d'essai. Je suppose que cela attendra le retour de notre voyage en Europe.

Mon téléphone sonne et je l'attrape, m'attendant à un message de Levi pour prendre de nos nouvelles.

C'est mon ex-mari, Zander.

Il n'y a pas de message, juste une photo de ruban adhésif.

— C'est quoi ce bordel ? me marmonné-je à moi-même.

Il y a quelque chose qui ne tourne pas rond chez cet homme. Je suis contente de m'être enfin éloignée de lui. Je n'arrive toujours pas à croire qu'il m'a fallu six ans. C'est un temps que je ne retrouverai jamais.

Je redoute les textos de Zander, contrairement aux messages que je reçois de Levi.

Pendant que celui-ci est au travail, il envoie des textos pour prendre des nouvelles, demander comment va Amelia, si elle a mangé suffisamment, ce genre de choses. C'est gentil, et il est clair qu'il se soucie de sa fille.

Il travaille en ce moment et la maison est calme.

Amelia est en bas et joue avec ses jouets pendant que je prépare ses vêtements pour le voyage. J'ouvre la porte de la chambre de Levi. C'est comme si je m'introduisais par effraction. Je ne devrais pas entrer dans sa chambre.

Mais il m'a demandé de le faire par texto.

Je sors son sac de sa chambre et le traîne jusqu'à celle d'Amelia. Je le pose sur le sol, le dézippe et l'ouvre. Il a pas mal de place, et des poches sur les côtés.

Tout le sac sent Levi, une odeur enivrante de notes boisées, de cuir et de mâle alpha à cent pour cent.

Je bois le parfum, mon corps picote et s'enflamme.

Le fait de ne pas être en compagnie de Levi n'a en rien diminué mes désirs.

En ouvrant la commode d'Amelia, je récupère les nouveaux vêtements que Douglas a achetés. Je plie plusieurs tenues et dépose sa licorne avant de refermer la valise.

Il m'a demandé de lui envoyer un message lorsque ce serait fait, ce que je fais.

Bien, me répond-il par texto. *Va dans le garage. Ouvre la porte arrière du pick-up. Il y a une surprise pour toi.*

Quelle surprise ?

Je glisse mon téléphone dans la poche arrière de mon jean et je descends. Levi a encore quelques heures devant lui avant de terminer son travail. Douglas viendra nous chercher et passera au bureau chercher Levi pour notre vol vers Paris.

Je suis impatiente de voyager en Europe. Je n'y suis jamais allée. Surtout en jet privé. Je me dépêche d'aller au garage. Il a plusieurs voitures, mais un seul pick-up, ce qui facilite au moins la recherche du bon véhicule.

J'ouvre la porte arrière et à l'intérieur se trouve une valise rose toute neuve à coque rigide. Elle est de la même taille que celle qu'Amelia a écrasée.

Je l'attrape et la porte à l'intérieur de la maison avant de la traîner à l'étage.

Merci, lui envoyé-je avant de préparer mes vêtements pour notre voyage.

Je me demande si je dois prendre mon vibromasseur ou non. Quand aurai-je l'occasion de l'utiliser en toute intimité ? Si je partage une chambre avec Amelia, c'est hors de question. Mais je pourrais l'emmener dans la salle de bains. Il est censé être étanche.

Je glisse l'appareil dans mon sac à main.

SANS TITRE

J'espère que l'hôtel dispose d'un ventilateur de salle de bain décent pour atténuer le bruit. Je ferme ma valise et l'emporte jusqu'à la porte d'entrée, prête à partir lorsque Douglas arrivera.

— Clare, s'exclame Amelia en sortant de la salle de jeux.

Elle porte une cape rose vif assortie à son tutu.

— Coucou.

Je me penche pour la prendre dans mes bras.

— Devine qui est mon personnage de bande dessinée préféré. Supergirl ! proclame-t-elle en étendant les bras pour voler. Tu peux me faire voler ? S'il te plaît.

Au moins, elle ne m'appelle plus Fille de l'avion. Je suis sûre que son père me trouvera un surnom délirant pendant notre voyage ensemble.

Mon téléphone vibre, et je la fais voler un instant avant de la poser à terre. Je le sors de ma poche arrière. C'est Levi qui m'envoie un autre message.

J'ai nos passeports. Prends le tien.

Je vérifie une dernière fois mon sac à main pour m'assurer que j'ai bien mon passeport.

C'est fait.

La tablette pour les devoirs ?

Zut. Je me précipite vers le bureau improvisé où Amelia a l'habitude de faire ses devoirs. J'attrape l'iPad sur la table, ainsi que le clavier Bluetooth et les écouteurs. Je les mets tous dans mon sac à main.

C'est bon.

Tu allais oublier.

Je ne réponds pas à son message.

Une heure plus tard, Douglas se gare devant la maison. Levi m'envoie un message pour me faire savoir qu'il est arrivé.

Douglas charge nos bagages dans le coffre pendant que j'attache Amelia sur le siège arrière, avant de me glisser à côté d'elle.

— Vous avez tout, madame ?

— Je l'espère.

— Les passeports ?

— J'ai le mien. Levi a dit qu'il avait celui d'Amelia et le sien avec lui.

Nous quittons la maison, et Douglas nous conduit en ville, là où travaille Levi. J'ai vu l'hôtel qu'il possède à New York, mais je ne sais pas où se trouve Luxenberg Enterprises.

Le bâtiment se dresse haut, dominant les autres gratte-ciels. Possèdent-ils tout l'immeuble ou seulement quelques étages ?

Nous attendons dehors dans la zone de stationnement lorsque Levi monte à l'avant.

— Vous avez votre passeport, monsieur ? demande Douglas.

Levi tape dans la poche intérieure de sa veste.

— Celui d'Amelia et le mien.

Il se tourne vers moi.

— Mon passeport est dans mon sac à main. J'ai vérifié et revérifié.

— Très bien.

Douglas nous conduit vers l'aéroport le plus proche, là où se trouve l'avion privé de Levi.

Il est déjà ravitaillé et nous attend.

Douglas prend nos sacs et les transporte jusqu'à l'avion, s'assurant que nous avons tout, pendant que je détache Amelia de son siège.

— Aurons-nous besoin du siège auto dans l'avion ? demandé-je en désignant le véhicule.

— Ça ira, pour quelques heures de vol. J'en ai un qui nous attend à Paris.

Levi tend les bras pour prendre Amelia. Il la porte dans les escaliers jusqu'au jet privé et je le suis.

C'est chic, spacieux pour un si petit avion, et ça a l'air super confortable comparé à la classe économique. C'est même plus agréable que la première classe, ce que je n'ai expérimenté qu'une seule fois.

Levi attache Amelia dans son siège et s'assoit dans le siège le plus proche d'elle.

Je choisis de m'asseoir derrière eux.

Amelia tourne sur elle-même pour me faire face. Elle rit avec excitation.

— C'est amusant !

— Tu dois t'asseoir correctement lorsque nous décollons, dit Levi en remettant son siège en place et le verrouillant.

— Tu es un vilain caca, dit Amelia en tirant la langue à son père.

Levi se tourne vers moi.

— Tu lui as appris ça ?

Je ris sous cape.

— Non, mais elle a raison.

— Oh, vraiment ?

J'espère toujours qu'il flirtera avec moi. Que nous reprendrons nos échanges taquins et indéniables. Là où la tension sexuelle est si palpable qu'il faudrait un couteau pour la couper. Je n'ai jamais été fan du jeu du couteau, mais pour cet homme, je ferais n'importe quoi.

Je ravale cette pensée.

Le regard attentif de Levi ne quitte pas le mien.

— Je ne t'ai jamais connue silencieuse, Fille de l'avion.

— Vraiment ? Tu veux que ça change ?

Je m'abstiens de l'appeler Voleur de Culotte devant sa fille, mais je pourrais bien monter d'un cran.

La tension semble glisser de ses épaules alors qu'il s'approche. Ses mains se posent sur les accoudoirs, me piégeant dans mon siège pendant que l'équipage de bord se dirige vers leur cabine.

— Où est l'iPad d'Amelia ? demande-t-il, son souffle taquinant presque le mien.

— Dans mon sac à main, dis-je avant de réaliser ce qu'il y a d'autre dans mon sac.

Je montre du doigt le sac par terre.

Il plonge sa main dans le sac qui est fermé par un simple bouton-pression pour prendre l'iPad.

— Clare, qu'est-ce que c'est que ça ? demande-t-il.

Son poing serre mon vibromasseur. Il le soulève, mais pas complètement hors du sac, le rendant visible pour moi mais pas pour les autres.

— À quoi ça ressemble ? dis-je en tapant sa main pour la repousser et en attrapant la tablette dans mon sac que je lui tends. C'est ce que tu cherchais.

L'avion est étouffant, et l'équipage ferme la porte pour préparer le départ.

Levi prend place à côté de sa fille et me regarde par-dessus son épaule.

— Tu n'as pas à être gênée.

— Tu n'as pas besoin d'en parler. Cette conversation est terminée, dis-je.

Je préférerais mourir d'embarras plutôt que de discuter de mon vibromasseur avec lui.

J'aurais dû le mettre dans ma valise, hors de vue, là où il ne l'aurait jamais trouvé.

Après le décollage, Amelia regarde une vidéo sur la tablette pendant que Levi se lève et s'étire. Nous sommes à l'altitude de croisière, et nous avons encore plusieurs heures de vol.

Je devrais faire semblant de dormir.

— Tu veux boire quelque chose ? demande Levi, en ouvrant le mini frigo.

— N'importe quoi de fort, dis-je.

Il sort une demi-douzaine d'options de mini bouteilles d'alcool et me les montre.

— Tu veux quoi ?

Même si je sais que boire ne va pas effacer les vingt dernières minutes de mon humiliation, au moins je peux me détendre et essayer d'oublier.

Je prends le rhum et la vodka, et je continue à tendre la main vers les autres bouteilles dans ses mains quand il réalise que je veux toutes les prendre.

— Tu ne vas pas te saouler, Clare. Choisis-en une.

— Je ne suis pas une enfant, et nous avons encore plusieurs heures avant d'atterrir.

— Si tu étais une enfant, tu aurais du jus de pomme, dit-il.

J'ouvre d'abord la bouteille de rhum, et Levi me prend la vodka des mains.

Je bascule la petite bouteille en arrière et prends une gorgée, l'engloutissant en quelques secondes.

Je détache ma ceinture de sécurité et me lève, cherchant une poubelle pour jeter la bouteille vide.

— Où vas-tu ? Tu veux rejoindre le Mile High Club toute seule ? Normalement, ça nécessite deux personnes, ma belle.

— Pourquoi tu es aussi emmerdant ? murmuré-je en passant près de lui.

Je voudrais m'éloigner davantage.

Il attrape une boîte de jus dans le frigo pour Amelia et me regarde, me bloquant l'accès à mon siège. Je pourrais me cacher dans les toilettes, mais à quoi cela servirait-il ?

— Tu es toujours de service, dit Levi.

— Ce n'est pas comme si j'allais partir, et elle est occupée à regarder un film.

Je fais un geste en direction d'Amelia. Elle est tournée dans l'autre sens et, heureusement, porte un casque et ne peut pas nous entendre nous disputer.

Levi grogne, mais je n'entends pas ce qu'il dit.

— Bon sang, tu as besoin de te faire plaisir, marmonné-je suffisamment fort pour qu'il m'entende.

— Pardon ?

Il tourne brusquement la tête vers moi.

— Tu m'as bien entendue. Tu es tellement grincheux. Je suppose que c'est parce que tu avais l'habitude d'amener des femmes chez toi et que tu n'as pas pu le faire cette semaine. C'est ça, n'est-ce pas ? Tu as besoin de te faire plaisir, et comme tu ne peux pas, tu nous pourris la vie à tous.

Il me fixe intensément. Je couvre ma bouche de ma main. Je n'arrive pas à croire que je lui ai dit ça en face.

— Qui est « tous » ? demande Levi. Toi ?

— Je suis désolée, dis-je, m'empressant de m'excuser.

Levi affiche un sourire narquois et roule des yeux. Il expire un souffle lourd et se rapproche davantage de moi. Son sexe se presse contre mes cuisses. C'est indéniable, et c'est énorme.

— Tu la sens ? dit-il, connaissant déjà la réponse.

Mes lèvres se séparent, et je n'arrive pas à former une pensée cohérente.

Je hoche la tête lentement, cherchant à reprendre mon souffle.

Il a l'air satisfait, fier, comme s'il venait de gagner et qu'il était prêt pour sa danse de la victoire.

— A quand remontent tes derniers rapports, petite chatte ?

— Petite chatte ? couiné-je.

L'avion devient soudainement plus chaud.

Est-ce que je rougis ?

Que s'est-il passé pour qu'il ne m'appelle plus "Fille de l'avion" ? C'était une expression de sa mauvaise humeur, mais maintenant ce côté séduisant de lui me fait frémir intérieurement, et je tremble dans ses bras.

Et il est inévitable ; je suis coincée dans un avion avec mon séduisant milliardaire de patron.

Maudit soit-il !

— Tu n'as pas répondu à ma question.

Il me fixe, comme s'il lisait en moi. D'une main, il écarte quelques mèches de cheveux de mon visage. L'autre main est agrippée à ma hanche, me provocant.

Je me laisse aller à son toucher.

— Il y a quelques... mois, chuchoté-je, en priant pour qu'il ne se moque pas de moi.

Je n'aimais même pas tellement le sexe avec mon mari. C'était une corvée, un devoir conjugal lors d'occasions spéciales.

— Quand j'étais mariée.

Il était si mauvais au lit que je voulais que ce soit fini, sans une minute de plus que nécessaire.

— Une fille qui n'a pas peur de s'engager. J'aime ça, dit-il en se penchant vers mes lèvres. Tu trembles.

Je déteste qu'il le remarque. Qu'il puisse me faire tourner la tête et affaiblir mon corps, incontrôlable.

— Je... je n'ai pas peur, dis-je, en me raclant la gorge, essayant de paraître convaincante, mais il est évident que je suis nerveuse.

Pourquoi n'est-il pas nerveux ? Le fait-il avec toutes les filles qui travaillent pour lui ?

Il m'entraîne pour s'asseoir sur l'un des sièges, me gardant sur ses genoux.

C'est étrange, d'être assise sur les genoux de mon patron dans son jet privé. Je tire ma lèvre entre mes dents.

— Je t'aime beaucoup, Clare.

Il est calme, bien plus calme que moi.

— Mais si tu n'es pas prête ou si tu ne le veux pas, je ne te forcerai jamais.

C'est ce qu'il pense ?

J'avale mes craintes et agrippe sa chemise, écrasant ses lèvres contre les miennes. Je veux l'embrasser. Je désire chaque centimètre de lui. Je ne suis simplement pas douée pour faire le premier pas, voire même le deuxième. Je me fige. Panique. Mes nerfs m'emportent et ont tendance à tout gâcher.

Il faut une seconde à son cerveau pour comprendre que je l'embrasse, car il ne me rend pas le baiser. Je halète et commence à reculer, mais il me retient fermement.

Ses lèvres enveloppent les miennes, dures et chaudes, et il cherche à entrer dans ma bouche avec sa langue tout en la glissant sur mes dents. J'ai l'impression que ce n'est pas la seule chose qu'il veut en moi.

Je gémis avec l'intensité du baiser, et mon estomac s'agite, chassant les papillons.

Il est tout ce que j'ai rêvé et plus encore.

Et pour la première fois, je me fiche que je sois la nounou, et que ce n'est pas quelque chose qu'une bonne nounou ferait.

Je veux briser les règles.

Briser les barrières.

Les lignes sont faites pour être franchies.

CHAPITRE NEUF

Levi

Bon sang, embrasser Clare, c'est comme le paradis. Je savais que ce serait bien, mais je n'avais pas imaginé à quel point ce serait incroyable jusqu'à ce que nous commencions, et je ne veux pas la laisser partir.

Son corps chaud est sur mes genoux, mes doigts traînant le long de sa hanche, taquinant sa peau, la touchant.

J'en veux plus, mais ma fille est à quelques pas de là, et je ne peux pas risquer qu'elle nous surprenne en train de nous embrasser.

Elle poserait des questions, et je ne suis pas prêt à les lui donner à cinq ans.

A-t-elle déjà eu la discussion sur "d'où viennent les bébés" ? Ce n'est pas quelque chose que je veux traiter maintenant, voire jamais.

Les hanches de Clare bougent contre les miennes, nos baisers passionnés et interminables. Mes doigts s'emmêlent dans ses cheveux, meurtrissant ses lèvres.

Je veux la marquer.

La revendiquer.

Faire savoir au monde entier qu'elle m'appartient.

Amelia commence à se réveiller, et dès que j'entends le bruit de ses écouteurs tomber par terre et la ceinture de sécurité se détacher, Clare saute de mes genoux. Ses cheveux sont en désordre, son visage est rougi, et ses lèvres sont gonflées.

Mon sexe tressaute de frustration d'être privé de tout plaisir supplémentaire.

Je me racle la gorge et me lève, en passant à côté de Clare pour aider Amelia à trouver un autre film à regarder sur sa tablette.

— Qu'est-ce que tu faisais ? demande-t-elle, en regardant Clare. Tes cheveux sont drôles.

Les yeux de Clare s'écarquillent, et elle se précipite dans les toilettes, claquant la porte derrière elle et la verrouillant.

Il fallait bien que la petite gâche le moment. Clare était tellement sexy. Mon sexe peut en témoigner.

Je guide Amelia vers son siège et lui donne une collation et une brique de jus avant de mettre un autre film de princesse.

Clare passe beaucoup trop de temps cachée dans la salle de bain, arrangeant ses cheveux et m'évitant pour son eReader pendant le reste du vol.

Elle est embarrassée et probablement inquiète qu'Amelia ait vu quelque chose. Mais ce n'est pas le cas.

Nous atterrissons à Paris, et il faut un peu de temps pour régler les formalités douanières avant que nous ne soyons conduits à l'hôtel.

Il est vieux et a besoin de quelques rénovations. C'est l'une des raisons pour lesquelles le propriétaire envisage de nous céder l'établissement. Il n'est pas loin de la Tour Eiffel, et on m'a assuré que la vue depuis le penthouse sera spectaculaire.

Bien que j'aie envie de visiter les chambres standards, je suis hébergé dans la suite penthouse. Je n'en attendais pas moins, et si le propriétaire ne l'avait pas proposé gratuitement, j'aurais payé une somme considérable pour l'expérience.

Le penthouse comprend deux chambres, un grand salon et une cuisine. Amelia entre en courant, excitée, pour trouver sa chambre.

J'explore la suite, satisfait des commodités et de la propreté, et bien que la plupart de l'hôtel lui-même soit vieux et ait besoin de réparations, cette suite est de premier ordre. Elle a déjà été rénovée. Cela a-t-il été fait pour mon bénéfice ?

La peinture est fraîche. Les draps semblent impeccables et tout neufs. Même les serviettes de bain sont de bonne qualité, les étiquettes toujours dessus.

Clare est silencieuse, regardant autour d'elle alors que je parcours les chambres, apportant mes bagages avec moi et les déposant dans la pièce avec un grand lit double.

— Euh, Levi.

Sa voix s'étrangle.

De l'autre côté du couloir se trouve une deuxième chambre, et j'entre, m'attendant à trouver deux lits queen. Mais non. Il y a à nouveau un grand lit double.

— Je ne peux pas partager un lit avec Amelia, dit-elle.

Amelia grimpe sur le matelas et commence à sauter de manière excitée. Je ne peux pas lui en vouloir. Après le long vol, elle doit avoir de l'énergie accumulée.

Elle n'est pas la seule.

— Je peux appeler la réception et demander une autre chambre, dis-je avec un soupir lourd, en me frottant la mâchoire.

Comment va-t-elle s'occuper d'Amelia si elle est dans une chambre différente à un étage différent ? Ce ne sera pas l'idéal.

— Nous pouvons faire apporter un lit d'appoint dans la chambre d'Amelia.

— D'accord.

Je passe un coup de fil rapide et on me garantit qu'on apportera un lit supplémentaire. Je peux toujours faire dormir Amelia sur le lit d'appoint, étant donné qu'il sera probablement de petite taille.

Amelia pousse des cris de joie pendant que je passe dans la chambre des filles pour voir ce qui se passe.

Ma petite tornade saute à pieds joints sur le matelas.

— Mademoiselle, tu vas casser le lit de Clare, dis-je en la rattrapant en plein vol.

— Mon lit, proclame Amelia fièrement.

— Ton lit sera apporté bientôt.

— C'est bon, je le prendrai, dit Clare.

— Amelia peut le prendre.

Amelia se débat dans mes bras et continue à sauter, ignorant mes demandes d'arrêter. Cette gamine est insolente. Elle tient ça de moi.

— Je dois lui donner à manger avant qu'elle ne s'effondre.

Nous avons grignoté pendant le vol, mais nous n'avons pas eu de vrai repas depuis des heures.

— Tu es prête ? demandé-je à Clare alors qu'elle ouvre rapidement sa valise.

Je ne sais pas si elle va ranger ses vêtements ou se changer après le vol.

— Peux-tu me donner dix minutes ?

— Je t'ai déjà vue te préparer en deux minutes.

— Ce n'était pas assez, dit-elle en saisissant une robe rouge foncé.

Mon pantalon commence à me serrer.

— Cinq minutes, dit-elle.

— D'accord.

Je lui donnerais volontiers les dix minutes si je peux la voir dans une robe sexy pour le dîner. Alors qu'elle se dirige vers la salle de bain, je saisis son poignet, l'arrêtant pendant que je chuchote à son oreille.

— Oublie la culotte.

Ses joues rougissent, assorties à la robe dans sa main, avant qu'elle ne se glisse dans la salle de bain.

Je suis déçu de ne pas pouvoir la regarder se déshabiller et se changer. J'adorerais voir ce qu'il y a sous ses vêtements, et j'y arriverai éventuellement.

Je dirais que nous prenons les choses lentement, mais c'est plus comme un rythme glacial. Non, les glaciers fondent plus rapidement. Pas que je veuille dire que la fille de l'avion est une reine des glaces. Elle a prouvé le contraire avec le baiser enflammé qui a fait battre mon cœur dans l'avion.

On frappe fermement à la porte, et je les laisse entrer avec le matelas double, en leur montrant où mettre le lit d'appoint.

Dès qu'ils partent, Amelia grimpe sur le nouveau lit, décidant de sauter dessus. Elle essaie de toucher le plafond, mais n'y parvient pas. Alors elle saute encore plus haut.

— Petit singe, dis-je en attrapant Amelia et en la faisant tourner.

Elle glousse et pousse des cris de joie.

La porte de la salle de bains s'ouvre, et Clare en sort, vêtue d'une robe rouge sexy qui a de fines bretelles et s'arrête juste en dessous de ses genoux. Le haut plonge, me donnant une vue généreuse de son décolleté, et à en juger par l'absence de bretelles de soutien-gorge, je vais espérer qu'elle ait suivi mes ordres comme une bonne fille et qu'elle ait aussi sauté la culotte.

Je dépose Amelia sur le lit, mon attention détournée par la nounou.

Je n'aurais jamais pensé courir après une fille d'une vingtaine d'années quand j'aurais quarante ans.

Bien que, le terme "courir après" soit-il techniquement approprié ?

Nous nous affrontons. Nous nous battons avec des surnoms et des insultes sarcastiques. Mais courir après ?

Je la pourchasserai jusqu'au bout du monde si elle venait à quitter Amelia et moi, mais je n'ai pas l'intention de la laisser partir. Pas maintenant. Jamais.

Un seul baiser, et je suis fortement accro.

Elle est ma drogue de prédilection.

Amelia se remet à sauter sur le lit, et le matelas gémit sous son poids.

Clare prend ses talons dans son sac. Je suis content qu'elle les ait apportés. Ils sont sacrément sexy sur elle, et je ne la vois pas souvent habillée ainsi. Ce n'est généralement pas approprié en tant que nounou. Elle doit rester assise et s'occuper de ma fille toute la journée. Personne ne veut s'asseoir par terre en robe chic.

— Presque prête, dit Clare en m'offrant un sourire timide.

Amelia commence à sauter et à pousser des cris jusqu'à ce que le matelas soupire et fasse un étrange bruit de déchirure.

— Amelia, c'est assez ! grogné-je, ne voulant pas appeler la réception pour un matelas de remplacement parce que ma fille a cassé cette foutue chose.

Elle s'assoit, son visage se froisse tandis qu'elle frotte le matelas.

— Aïe.

— Qu'est-ce qui te fait mal ? demandé-je, m'asseyant sur le lit et découvrant le ressort cassé.

Je grogne et passe une main dans mes cheveux.

— Je dois appeler la réception.

— Pourquoi ? demande Clare, me suivant dans le salon.

Ses talons sont à ses pieds, et elle est éblouissante. Il me faut tout pour ne pas la pousser contre le mur et fourrer ma langue dans sa bouche.

Un seul regard sur elle, et je suis dur comme du roc.

— Amelia a cassé un des ressorts du matelas. Tu ne pourras pas dormir dessus.

— Je peux prendre le canapé. Je suis sûre qu'il se déplie.

— Un lit inconfortable qui sera pire que le ressort cassé. Laisse-moi simplement appeler en bas, dis-je en tendant la main vers le téléphone de la chambre d'hôtel.

— N'importe quoi. Elle cassera l'autre lit aussi.

— Non, déclaré-je, lançant un regard furieux à Amelia.

J'attends que la réception réponde, mais ça sonne sans fin. Ils sont soit incroyablement occupés, soit ils ignorent mon appel. Je ne suis content d'aucune des deux options.

Amelia s'assoit sur le lit king-size, souriant innocemment comme si elle n'avait pas juste détruit le mobilier de l'hôtel.

— Sérieusement, Levi.

La manière dont Clare prononce mon nom serre simultanément mon cœur et mon sexe. Comment diable fait-elle ça ?

— Tu es ici pour affaires. Ne t'inquiète pas pour le lit. Le canapé ira très bien.

— Le canapé ne va pas du tout, grogné-je, et je raccroche le téléphone quand personne ne répond. Nous descendrons et je me plaindrai.

— Je t'en prie, ne fais pas ça, dit Clare. L'hôtel est tellement agréable, et ce n'est pas de leur faute si le matelas est cassé. Le canapé me va très bien.

— Bien ne suffit pas.

Comment peut-elle accepter de dormir sur un matelas bosselé alors qu'elle mérite mieux ?

Nous descendons, et j'insiste pour parler à la réception. On nous informe qu'en raison d'un mariage et d'une convention, l'hôtel est déjà surréservé, et il n'y a pas de lits d'appoint supplémentaires ou de chambres.

— Merde ! juré-je, oubliant que ma fille est juste à côté de moi.

Les yeux de Clare s'élargissent, et elle attrape la main d'Amelia, l'éloignant de la réception.

— Voulez-vous dire que vous n'avez pas d'autres lits d'appoint ? Je suis dans la suite penthouse.

Je n'aime pas faire de name-dropping, mais cela me semble nécessaire maintenant.

— Je suis désolé, monsieur. Je peux vous assurer que j'ai vérifié et revérifié le système. Si vous le souhaitez, je peux faire une demande, et si quelqu'un part plus tôt, je peux faire en sorte que vous soyez prioritaire.

Je rouspète, insatisfait, et m'éloigne.

— Eh bien, ça n'a pas été concluant, marmonné-je.

Clare porte Amelia, la tête de ma fille posée sur sa poitrine.

— Tu commences à être fatiguée ? demandé-je en frottant le dos d'Amelia et la prenant dans les bras de Clare. Ne t'endors pas tout de suite. Nous devons aller dîner.

— Des nouvelles concernant le lit ? demande Clare.

— Non. Je n'arrive pas à croire qu'ils refusent de régler le problème, dis-je.

Nous sortons et marchons vers l'un des restaurants à proximité. Il y en a plusieurs non loin de l'hôtel.

— Et comment suggères-tu qu'ils le règlent ? En achetant un autre matelas juste pour toi ? s'énerve-t-elle. Le pauvre type est vieux, et tu décharges ta frustration sur lui. Tu n'as pas besoin d'être comme ça.

Grognon. C'est ainsi qu'elle me voit ? J'essayais pourtant de lui rendre service. Ne le voit-elle pas ?

Elle grimace.

— Désolée, j'ai parlé trop vite, dit Clare. Le canapé me convient très bien. Ce n'est pas grave.

— C'est grave, et tu n'y dormiras pas.

— Tu vas le prendre ? réplique-t-elle, se demandant ce que je veux dire.

— Non, tu partageras mon lit.

Le silence est assourdissant. J'attends qu'elle me dise qu'elle ne peut pas faire ça. Que c'est inapproprié ou un million d'autres excuses pour rejeter l'offre.

Elle inspire profondément et me fixe.

— Ouais, d'accord. Je suis sûre qu'il y a assez de place.

C'est un lit king-size. Bien sûr qu'il y a assez de place. Mais je n'ai pas l'intention de lui laisser la moitié du matelas.

Je la veux, bon sang.

Et tout aussi important, j'aime que la chambre soit fraîche quand je dors, et j'ai bien l'intention de mettre la climatisation, de rendre la chambre glaciale et de l'obliger à se blottir contre moi si elle veut de la couverture.

Je suis méchant et grognon, comme elle l'a dit. Autant porter cette étiquette avec fierté. C'est un honneur.

Nous passons devant quelques restaurants, regardant leurs menus à l'extérieur. Ils se ressemblent beaucoup, et je ne sais pas s'ils ont des plats différents sur le menu français qui ne nous sont pas montrés.

J'ai déjà été en France quelques fois, pas pour le travail, mais cela fait des années. Mon français est plus que rouillé, archaïque.

Clare ne semble pas parler ou lire le français non plus, et bien que nous essayions tous les deux un peu par politesse, je suis sûr que nous massacrons même les phrases les plus simples.

Je commande du canard, Clare commande du poulet, et je prends des spaghetti pour Amelia. Elle peut manger dans mon plat si elle le souhaite, mais je ne suis pas sûr qu'elle soit aventureuse avec les nouveaux aliments.

Mon téléphone nous interrompt après avoir commandé, et je le sors de ma poche en grognant lourdement. Ma mère. J'envisage de ne pas répondre, mais combien de temps encore puis-je éviter de lui parler ?

— Allo, maman.

Je sens deux regards posés sur moi, et j'ai presque envie de me lever de table et de m'excuser.

— Levi, comment vas-tu ?

— Je vais bien. J'ai des nouvelles, dis-je, en souriant à Amelia.

Je suis sûr que c'est pourquoi ma mère appelle. Elle n'appelle pas juste comme ça, à moins que je ne fasse la une des journaux, ou qu'elle veuille me présenter l'une de ses amies de l'église.

Je préférerais me noyer plutôt que de participer à l'un de ses dates arrangés. Pourquoi ne harcèle-t-elle pas Connor ?

— Je sais, ton frère me l'a dit, dit-elle, l'air déçue. Quel âge a l'enfant ?

— Cinq ans, dis-je. Elle aura six ans à Halloween.

Je n'ai même pas encore réfléchi à ce que je vais faire pour célébrer son anniversaire, mais c'est dans quelques semaines seulement. Je devrai lui organiser quelque chose de mémorable.

— Connor m'a dit que tu avais embauché une nounou.

Qu'est-ce que Connor ne lui a pas dit ? Je me frotte l'arrière du cou, cette conversation me rend déjà nerveux et mal à l'aise. Agité.

— Oui, elle est là avec moi en ce moment, elle aide avec Amelia. Écoute, maman. Je déteste faire ça, mais je dois y aller. Nous sommes au restaurant, et le dîner va être servi d'un moment à l'autre.

— Bien sûr, mon chéri, dit-elle, et j'ai l'impression qu'elle n'est pas contente que je mette fin à l'appel. Préviens-moi quand tu seras de retour à la maison. J'aimerais rencontrer ma petite-fille avant ses vingt et un ans.

Je grimace.

— Et tu la rencontreras.

— J'aurais pu venir à Paris pour aider avec l'enfant, Levi. Tu n'avais pas besoin d'amener une nounou avec toi.

— Elle a cinq ans, maman. Je sais que tu as de bonnes intentions, mais elle a beaucoup d'énergie.

— Je choisirai de ne pas être offensée par cette remarque.

— Je dois y aller. Le dîner arrive.

— Très bien. Appelle-moi quand tu seras de retour.

Je raccroche et suis soulagé que le pire soit derrière moi. Je ne sais pas si je devrais remercier Connor de m'avoir poussé devant un bus ou non. Ce n'est pas facile de traiter avec maman, mais plus j'attends, plus c'est dur.

Clare jette un coup d'œil à son téléphone portable, et dès que j'ai fini mon appel, elle le glisse dans son sac à main.

— Tout va bien ? demande-t-elle, sa voix plus haute que d'habitude.

Comme si elle avait été surprise en train de faire quelque chose qu'elle ne devrait pas.

Qu'est-ce qu'elle faisait ?

— Ne me dis pas que tu utilises une de ces applications de rencontres, dis-je en attrapant mon verre d'eau.

Ma bouche est sèche.

— Non, c'était un texto.

Elle agite la main avec dédain.

— Je suppose que ça ne s'est pas bien passé avec ta mère ?

— J'ai eu des conversations pires, avoué-je. Heureusement qu'elle est de l'autre côté de l'océan, sinon je parie qu'elle aurait débarqué pendant le dîner.

Le dîner se passe bien, sans incident hormis l'appel téléphonique, ce qui, pour moi, est un cadeau après cette longue journée. Je suis prêt à aller au lit quand nous rentrons à l'hôtel, et Amelia est déjà endormie dans mes bras.

Je pourrais techniquement la mettre sur le canapé-lit, mais il n'a vraiment pas l'air confortable. Je couche Amelia dans le lit et ferme la porte.

Clare est assise au bord de mon matelas et fronce le nez.

— J'ai laissé ma valise avec Amelia.

— Tu peux emprunter quelque chose à moi, dis-je.

Mon sac est ouvert, dézippé mais laissé sur le sol près de la fenêtre. La vue pendant la journée était magnifique avec la Tour Eiffel dehors, mais la nuit, c'est encore plus enchanteur.

Oserais-je dire romantique ?

Il y a un balcon attenant à la chambre, et j'ouvre la porte, laissant l'air frais entrer dans la pièce. C'est calme dehors, et nous sommes assez haut pour qu'il n'y ait aucun bruit de la circulation ou des touristes en bas.

Je sors sur le balcon, regardant la ville et les gens qui sortent du métro ou qui visitent la Tour Eiffel.

— Veux-tu me prendre un T-shirt, ou je dois en choisir un moi-même ? demande Clare derrière moi.

Je jette un coup d'œil par-dessus mon épaule et la vois se tenir devant ma valise.

— Détends-toi, tu ne vas pas y trouver des jouets sexuels ou des vibromasseurs cachés, dis-je en souriant.

Ses joues rougissent, et elle détourne le regard, se baissant pour attraper le premier T-shirt qu'elle trouve.

— Tu n'oublieras jamais ça, pas vrai ? dit Clare.

— Peut-être qu'un jour...

Je m'interromps, y réfléchissant.

— Ouais, tu as probablement raison. C'est assez pour te taquiner pendant toute une vie.

Elle grogne et saisit mon T-shirt, l'emportant dans la salle de bains pour se déshabiller.

J'augmente la climatisation, m'assurant que la chambre sera bien fraîche cette nuit quand nous dormirons.

En regardant par-dessus le balcon, j'observe les étoiles briller dans le ciel. J'observe le calme de la nuit et à quel point la ville est différente de New York.

La porte de la salle de bains grince, et je jette un coup d'œil par-dessus mon épaule à Clare. Elle est superbe dans mon T-shirt gris. Il s'arrête juste en dessous de ses fesses. Je grogne en la voyant entrer dans la pièce et mes mains se posent sur ses hanches.

— Tu me rends fou.

Clare sourit, se dressant sur la pointe des pieds. Elle presse chastement ses lèvres contre les miennes, et je profite de l'occasion pour lui montrer à quel point elle compte pour moi. Je veux qu'elle sache que le feu qui brûle en moi, prêt à exploser, c'est tout à cause d'elle.

Le simple baiser s'approfondit, et je la serre étroitement contre moi. Bien que je veuille désespérément savoir si elle porte quelque chose sous mon T-shirt, je n'y vais pas directement.

C'est une danse lente, et je ne veux pas l'effrayer. Nous en sommes qu'au début.

Elle passe ses bras autour de mon cou, me serrant plus fort. Ses doigts parcourent mes cheveux, caressant mon cuir chevelu.

Son toucher est céleste et tentant, rendant mon esprit flou à mesure que nos lèvres restent collées l'une à l'autre.

Nous tombons en tas sur le lit, les mains vagabondant, les langues explorant. Chaque gémissement et chaque halètement enflamment mon corps, désirant désespérément la goûter, la sentir et enterrer mon sexe profondément en elle.

Clare s'enfonce dans le matelas pendant que je me tiens au-dessus d'elle, nos lèvres se heurtant. Son toucher est feu, mettant mon monde en cendre. Elle déboucle ma ceinture, m'aidant à sortir de mon pantalon pendant que je défais les boutons de ma chemise.

Je porte beaucoup trop de vêtements.

La chemise est jetée de l'autre côté de la pièce. Je me débarrasse de mon pantalon et l'entends tomber doucement sur le sol.

Ma main effleure la hanche de Clare, remontant doucement son T-shirt, alors que je reste bouche bée en apercevant sa culotte en dentelle d'un pourpre sombre. Un grognement m'échappe, l'envie de les arracher avec mes dents me submerge.

— Enlève le T-shirt, lui ordonné-je.

Elle s'assoit et je l'aide à se dévêtir. Aux oubliettes l'idée innocente de partager simplement un lit pour dormir.

Elle ne porte pas de soutien-gorge, ses seins sont fermes et attirent mon attention, m'invitant à leur accorder la même attention.

Ma bouche descend sur son téton ferme, ma langue le caressant délicatement.

Son dos se cambre, sa poitrine se presse contre moi, me réclamant davantage sans dire un mot. Elle n'a pas besoin de parler. Je sais lire son corps et savoir ce dont elle a besoin.

Elle s'agite sur le matelas alors que je passe d'un sein à l'autre. Je sens son parfum féminin, qui enflamme mes sens et durcit mon sexe.

Je continue de descendre, embrassant le creux de son ventre.

— Clare, tu es tellement sexy et irrésistible, murmuré-je en reniflant sa culotte, m'enivrant de son odeur.

Elle est mouillée, et tout ça, c'est grâce à moi. Je l'ai mise dans cet état.

Je la taquine avec ma langue à travers le tissu fin et ses mains s'agrippent aux draps. Je les porte à mes cheveux pour ressentir chaque sensation qu'elle éprouve.

Elle mordille sa lèvre, gémissant et ondulant des hanches pendant que je lèche sa chatte à travers sa culotte.

— Tu en veux plus ? demandé-je, voulant son consentement.

— Ne t'arrête surtout pas, répond Clare d'une voix rauque, les yeux grands ouverts.

— J'aime ça.

Je saisis un autre oreiller, le plaçant sous ses hanches tout en faisant glisser sa culotte pourpre avec mes dents.

Elle gémit, et c'est l'un des sons les plus divins que j'aie jamais entendus. Elle sent le sexe, et nous n'avons même pas encore fait l'amour. Ses lèvres sont luisantes ; sa chatte est humide et enflée.

— Je vais te faire crier mon nom, la prévins-je avant de saisir l'une de ses cuisses et de la soulever sur mon épaule, ma bouche descendant vers sa chatte pour la lécher.

Elle halète et gémit, ses sons sont doux et discrets. Je ne sais pas si elle est habituellement aussi silencieuse ou si elle a peur que quelqu'un puisse entendre.

Ma langue taquine son clitoris, l'entoure, le chatouille alors que son corps commence à trembler.

Je continue sur cette lancée, glissant deux doigts dans sa chatte. Elle est serrée comme une vierge, et je vais devoir en glisser trois pour la préparer correctement avant de la pénétrer profondément.

Ses lèvres s'écartent davantage, sa bouche entrouverte alors que ses respirations deviennent plus fortes et plus irrégulières. Une main s'emmêle dans les draps, l'autre dans mes cheveux. Ses entrailles palpitent et se resserrent, et je retire mes doigts et ma bouche juste au moment où elle vacille au bord de l'orgasme.

Ses yeux s'ouvrent soudain avec colère.

— Abruti, gémit-elle, haletante.

— Tu jouiras avec ma bite en toi, commandé-je en me plaçant au-dessus d'elle, mes lèvres effleurant les siennes.

Elle avale sa salive et me fixe du regard, un regard ardent et primitif. Clare essaie de me retourner, de prendre le contrôle ou peut-être de chercher son orgasme, mais je ne la laisse pas dominer.

Notre première fois, je serai aux commandes, la conduisant jusqu'au bord du précipice. Quand je donnerai l'ordre qu'elle peut jouir, seulement à ce moment-là, elle obéira.

Elle continue de m'embrasser, et la troisième fois qu'elle tente de nous retourner, je glisse nos mains ensemble et les maintiens au-dessus de sa tête.

— C'est moi qui dirige.

Elle lutte contre moi, se battant pour sa liberté, mais il lui suffit de me dire d'arrêter, et j'arrêterai.

— Apparemment, tu ne voles pas seulement des culottes, lance-t-elle, me fixant avec une intensité que je n'avais jamais vue dans son regard.

— Qu'est-ce que tu veux dire ?

— Tu voles aussi des orgasmes.

Je ris doucement et approche mes lèvres de son oreille, taquinant le lobe, la sentant se tortiller sous mon toucher.

— C'est ce qu'on appelle le "edging", chérie.

Elle inhale brusquement et s'approche, mordant ma lèvre inférieure, la prenant entre ses dents. Elle ne me fait pas mal. Il n'y a pas de sang, juste une légère douleur mêlée à la sensation de plaisir.

— Merde, marmonné-je.

Ses lèvres sont diaboliquement enivrantes alors qu'elle les déplace vers mon cou. Mes mains maintiennent ses poignets pressés contre le lit. Si ma cravate n'était pas quelque part par terre, je l'aurais utilisée pour garder ses mains au-dessus de sa tête. Elle est comme une lionne en chaleur. Et je suis l'homme qui saura la dompter.

J'écrase mes lèvres sur les siennes avec force, et sa langue cherche la mienne. C'est comme des feux d'artifice qui éclatent. Elle gémit quand je me retire d'elle.

— Où est-ce que tu vas ?

— Préservatif, dis-je en me dirigeant vers mes bagages.

Je grogne en fouillant dans mon sac et n'en trouve pas.

— Merde, maudis-je. Je les ai laissés à la maison.

— C'est bon. Je prends la pilule, dit Clare. Je n'ai été avec personne depuis mon ex-mari.

Je retourne vers le lit.

— Moi non plus.

— Tu n'as été avec personne depuis mon ex-mari ? demande-t-elle en riant.

— Je voulais dire depuis que j'ai passé un test. Je suis clean. Mais on peut attendre, je peux voir s'il y a une pharmacie ouverte.

— C'est bon. Reviens au lit, Lécheur de Culottes.

Je grogne.

— Ce surnom doit disparaître, dis-je en la serrant contre moi et en couvrant son corps du mien.

— Ou quoi ?

Elle sourit en me regardant.

— Je te fesserai.

Et ce n'est pas une menace en l'air. J'ai eu une petite amie il y a des années qui aimait être disciplinée. J'ai beaucoup d'expérience pour dompter une insolente.

Ses yeux s'élargissent, et elle me fixe.

— Sérieusement ?

— Je n'en ai pas envie, mais si tu m'appelles à nouveau Lécheur de Culottes, je n'aurai pas le choix.

Elle soupire lourdement et me tire la langue.

— D'accord, tu seras le seul et unique Voleur de Culottes.

— Je n'ai pas volé ta culottes, grogné-je à Clare, mais je ne suis pas en colère.

Mes lèvres se pressent contre les siennes, ses doigts glissent sur mon dos et descendent le long de mes hanches, m'aidant à me débarrasser de mon caleçon. Elle halète en voyant mon sexe durci.

— C'est... énorme.

Sa voix s'étrangle dans sa gorge.

Je lui fais un sourire en coin, et ses yeux s'écarquillent. Est-elle nerveuse ?

J'y vais lentement, m'insinuant progressivement en elle. Ses jambes m'enlacent, me tirant plus profondément.

Ses yeux se ferment, et je m'arrête, voulant qu'elle me regarde.

— Regarde-moi, commandé-je, commençant à adopter un rythme que nous apprécions tous les deux.

Ses ongles s'enfoncent dans mon bras, mon dos et mes épaules. Partout où elle touche, elle laisse des marques.

La douleur est bonne. Elle est rafraîchissante et réelle, me faisant comprendre que ce n'est pas un rêve alors que je m'enfonce plus profondément en elle.

La tête de Clare se penche en arrière, son dos s'arque.

— Pas encore.

Je ne lui ai pas donné la permission.

Elle me regarde, avide et consumée par le désir.

— S'il te plaît.

Sa voix est douce, rauque, et je jure qu'elle est sur le point de supplier. L'idée qu'elle se mette à genoux, implorant de me prendre, de me sucer et d'avaler chaque goutte, me traverse l'esprit.

Son gémissement me ramène à la réalité, ses supplications alors que je la pénètre profondément et que ses entrailles se contractent et tremblent.

Je maintiens le tempo, ne voulant rien lui refuser.

— Viens pour moi, commandé-je.

Elle est au bord de l'extase, et je veux être celui qui la fait basculer, celui qui la rattrape quand elle plonge dans l'oubli.

Elle halète et gémit, et j'étouffe ses doux bruits avec des baisers. Je ne veux pas réveiller Amelia, et même avec le couloir dans la suite penthouse, je suis sûr que les gémissements de Clare portent. Elle apprécie ma bite dans sa chatte serrée. Et moi aussi.

Sa chatte tremble sur ma queue, la douce mélodie de ses sons, tout cela combiné me pousse à bout.

Haletant, je me retire d'elle et m'allonge sur le dos. L'air ne semble pas atteindre mes poumons assez rapidement.

Je suis couvert de sueur et la serre contre moi, mes lèvres écrasant les siennes dans un autre baiser brûlant.

Je ne veux pas que cette nuit se termine, que le matin arrive et que je doive m'occuper des affaires et laisser mes deux personnes préférées explorer la ville sans moi. Je fais confiance à Clare pour ma fille, mais je souhaite quand même être là, passer du temps ensemble comme une famille.

Sauf que nous ne sommes pas une famille. Clare est la nounou.

Je chasse ces pensées lourdes et enroule mon bras autour de sa hanche, maintenant Clare contre moi alors que je me laisse sombrer dans le sommeil.

CHAPITRE DIX

CLARE

Le lit est douillet, Levi est blotti contre moi. Il a réussi à tirer presque toute la couverture pour s'enrouler dedans. Mais cela ne me dérange pas.

Le réveil le tire de son sommeil.

Pour ma part, j'étais déjà réveillée, je l'observais.

Il fait encore nuit dehors, mais le soleil commence à se lever. Je le serre plus fort, le rapprochant davantage de moi.

Levi grogne. Je ne sais pas s'il proteste contre le réveil ou contre le fait que je le retienne prisonnier dans le lit.

— J'ai du travail.

— Tu ne peux pas être en retard ? lui demandé-je. Qui va le savoir ?

En tant que PDG, doit-il rendre des comptes à quelqu'un d'autre ? Au conseil d'administration ?

— J'ai déjà une réunion prévue. Je ne peux pas la manquer.

Ses lèvres frôlent les miennes et il me fait rouler sur le dos tandis que ses doigts glissent le long de mes hanches et descendent entre mes cuisses.

— Mon Dieu, j'ai envie de toi, murmure-t-il contre mes lèvres, ses baisers chauds et passionnés, ardents et féroces.

Il s'éloigne et porte ses doigts à sa bouche, me goûtant.

— Je pourrais te dévorer toute la journée, dit-il.

Je le regarde avec stupéfaction. Je n'ai jamais vu un homme faire ça. Me goûter de manière aussi ouverte, et dire quelque chose de sexy à ce sujet par la suite.

Mon cœur bat la chamade dans ma poitrine tandis qu'il quitte le matelas.

— Puis-je te rejoindre sous la douche ? demandé-je.

Amelia dort profondément et je dois me laver à un moment ou à un autre. Une douche chaude et embrumée serait bien plus amusante avec Levi dans la même cabine.

Il gémit.

— Je ne peux pas te dire non.

Il me fait signe de le suivre.

Je ne me lasse pas de cet homme, et la douche dure deux fois plus longtemps. Heureusement, c'est un hôtel, sinon nous aurions probablement eu de l'eau glacée à la fin.

Il prend une grande serviette grise et l'enroule autour de mes épaules.

— Mon téléphone portable a une couverture internationale. Si tu as besoin de quoi que ce soit, peu importe ce que c'est, tu m'appelles.

— Tout ira bien, dis-je.

Il se comporte comme un papa ours surprotecteur, inquiet pour Amelia. Mais je peux m'occuper de sa fille dans une ville étrangère. Nous sommes à Paris, ce n'est pas comme si nous étions au milieu d'une zone de guerre.

— Envoie-moi un texto quand tu quittes l'hôtel et quand tu reviens.

— D'accord, voleur de culotte, plaisanté-je, et il se penche pour mordre ma lèvre inférieure, la tirant entre ses dents.

— Je suis sérieux. Et si tu continues à m'appeler comme ça, je vais devoir te voler ta culotte.

— C'est déjà fait, dis-je avec un sourire malicieux.

Je reste blottie dans la chaleur de la serviette propre et sèche.

— Pas intentionnellement.

Levi se sèche et ouvre la porte de la salle de bains, se dirigeant vers la chambre pour s'habiller.

Je roule des yeux, peu convaincue. Il n'a plus besoin de me mentir maintenant.

Je déteste admettre que c'est très amusant de le taquiner. Les plaisanteries entre nous sont une sorte de préliminaires, un jeu exclusif avec Levi Luxenberg.

— Alors, tu m'enverras un texto ? dit-il, cherchant des garanties.

— Oui, mais je te ferai payer la facture. Je n'ai pas d'itinérance internationale.

— Quand nous rentrerons à New York, je t'ajouterai à mon forfait téléphonique. En attendant, ne t'inquiète pas du coût. Je m'en occupe.

— Je peux acheter une carte, et ce sera beaucoup moins cher.

Ses yeux brillent, et il sort son portefeuille. Il me tend une carte de crédit sur laquelle est inscrit « Currency Passport ».

— Elle est préchargée en devises étrangères. Non pas que je veuille que tu la gaspilles pour une carte SIM, mais tu auras besoin d'argent pour les entrées si tu veux emmener Amelia dans un musée ou monter la Tour Eiffel. Et si tu as besoin de liquide, tu pourras retirer de l'argent à un distributeur avec cette carte.

— J'ai besoin du code confidentiel.

— C'est le jour et le mois de naissance d'Amelia, le 31 octobre.

Je n'avais pas réalisé que son anniversaire était dans moins de deux semaines. Il va falloir organiser quelque chose d'exceptionnel pour ses six ans.

— Tu ne veux pas te joindre à nous quand nous irons visiter la Tour Eiffel ? lui demandé-je.

— Ce n'est pas mon premier voyage à Paris. Amelia devrait s'amuser. Je ne veux pas que vous passiez toute la journée enfermées ici.

— Combien y a-t-il sur la carte ? demandé-je, en la plaçant à côté de mon téléphone pendant que je m'habille.

— Plus que ce que vous devriez pouvoir dépenser en une journée. Plusieurs milliers.

J'essaye de cacher le choc. Je ne vais pas tout dépenser. Contrairement à lorsque j'ai fait des emplettes pour Amelia.

Je suis toujours bien emmitouflée dans ma serviette. Levi est habillé et me regarde de haut en bas.

— Tes bagages sont dans la chambre d'Amelia, dit-il en soupirant. Reste ici.

Il se faufile dans le couloir et ouvre la porte de la chambre en faisant attention de ne pas réveiller sa fille endormie. Il porte la valise au lieu de la faire rouler.

— Voilà, dit Levi en la posant sur le sol.

Je maintiens la serviette en place pendant que je me penche, ouvre la valise et attrape une courte robe de soleil avec des marguerites jaunes. Ce n'est pas comme si Levi ne m'avait pas vue nue sous la douche, mais dans la chambre, j'essaie d'être pudique.

— Merci, dis-je.

Je lui fais signe de sortir.

Il glousse et prend ses dernières affaires : portefeuille, montre et téléphone sur la table de nuit.

— Tu auras fini avant le dîner ? lui demandé-je.

— Oui, j'espère avoir fini vers quinze heures.

Il me tire contre lui, ses lèvres s'écrasent sur les miennes tandis que ses doigts s'emmêlent dans mes cheveux mouillés.

— Clare, grogne-t-il, essayant de se retirer, mais je continue à me pencher, mes lèvres rencontrant les siennes encore et encore. Tu vas me mettre en retard.

— Très en retard, murmuré-je en passant mes doigts sur son costume et en laissant tomber ma serviette.

Son visage rougit et il se déplace sur ses pieds, comme s'il essayait de décider si le fait d'être sage et d'arriver à l'heure à la réunion est vraiment si important.

Les baisers sont chauds et passionnés, mais je ne le déshabille pas. Ma main se pose sur sa poitrine, son cœur battant contre ma paume.

— Vas-y, dis-je en riant et en jetant un coup d'œil vers le bas. Avant que je ne t'arrache tes vêtements.

— Et si je veux que tu m'arraches mes vêtements ? demande-t-il, avant de secouer la tête. Non, ne fais pas ça.

Je dépose un dernier baiser sur ses lèvres.

— Je te verrai plus tard.

Il y a du mouvement dans le couloir. Amelia a probablement sauté du lit.

J'enfile mes sous-vêtements, puis la robe. J'ouvre la porte pendant que je finis de me préparer.

Amelia est assise au bord du lit et bouge ses jambes. Je suis impressionnée qu'elle ne saute pas sur le matelas, mais peut-être a-t-elle compris que ce qu'elle a fait n'était pas bien.

Ce n'est plus une enfant en bas âge. Amelia est assez grande pour comprendre qu'elle a cassé quelque chose.

— Qu'est-ce que tu veux faire aujourd'hui ? demandé-je.

— Disneyland !

Je ris. Je ne pense pas que c'est ce que Levi avait à l'esprit quand il a parlé de musées.

— Et si on parlait à ton père de Disneyland Paris ce soir ? Il voudra peut-être se joindre à nous, dis-je.

Je ne sais pas non plus comment je vais dire non à la petite quand elle voudra acheter tous les souvenirs de Disneyland.

Amelia hausse les épaules et me regarde pendant que je finis de m'habiller.

— On va te préparer, et on pourra aller prendre le petit-déjeuner.

Amelia n'a pas besoin d'aide pour se déshabiller, et j'attrape un short et un T-shirt fantaisie dans le bagage qu'elle partage avec son père.

Elle s'habille toute seule, sans que j'aie besoin ou envie de l'aider. Quel contraste par rapport à il y a quelques jours, lorsque je l'aidais à enfiler son pyjama le premier soir.

J'attrape la clé de la chambre et la glisse dans mon sac à main. Nous nous dirigeons vers l'ascenseur et sortons. J'envoie un texto à Levi :

Je quitte l'appartement.

Le penthouse, répond-il.

Je roule des yeux.

Il y a trois points comme s'il répondait, puis ça disparaît. Je glisse mon téléphone dans mon sac à main et prends la main d'Amelia, insistant pour qu'elle reste près de moi pendant que nous nous aventurons dans Paris.

Je ne peux pas risquer de la perdre, et ce n'est pas comme si l'une d'entre nous connaissait bien la ville. Paris est-il sûr ? Dois-je craindre que quelqu'un l'enlève ?

Je l'emmène de l'autre côté de la rue, dans un quartier où se trouvent tous les restaurants et les magasins, juste en face d'une des gares.

— Allons prendre le petit-déjeuner.

— Oui dit Amelia en désignant les différents cafés. Lequel ?

Je l'entraîne à l'intérieur du premier, qui dispose d'une vitrine avec des dizaines de pâtisseries et de croissants différents. Tous ont l'air plus succulents les uns que les autres.

— Je veux celui-là.

Amelia pointe du doigt le croissant avec un filet de chocolat.

— D'accord, mais on prend aussi un bol de fruits.

Après le petit-déjeuner, nous marchons jusqu'à la station de métro la plus proche et prenons le train avant de changer de ligne et d'arriver au Louvre. De l'extérieur, le musée est grandiose, et la pyramide attire encore plus l'attention.

Mon téléphone vibre dans ma poche.

— Attends une seconde, c'est ton père qui t'appelle. Oui, Prince des Ténèbres, Destructeur de Fun, dis-je en répondant au téléphone.

— C'est quoi ces surnoms ? grogne Levi.

— Oui ? répété-je, attendant de savoir pourquoi il a appelé.

— Où êtes-vous ?

— Au Louvre. Tu m'as dit d'emmener Amelia au musée.

Il a dit beaucoup de choses, mais celle-là est restée, et je me suis dit que ce serait une bonne expérience éducative.

—Je vous rejoins là-bas, dit Levi.

S'est-il passé quelque chose ? Levi n'avait que quelques minutes de retard ce matin.

— Tu ne dois pas travailler ? lui demandé-je.

— Je devais, mais l'homme avec qui j'avais rendez-vous a eu une intoxication alimentaire hier soir et a été emmené à l'hôpital.

— Oh, c'est horrible.

— Oui, je vais prendre un taxi et je vous retrouve à l'intérieur. Je vous enverrai un message quand j'arriverai.

— Super.

Je raccroche le téléphone et le glisse dans mon sac.

— Ton père va nous rejoindre aujourd'hui.

Nous entrons dans le musée et prenons deux tickets pour voir les expositions. J'essaie de garder un œil sur l'heure et, après environ trente minutes, je jette un coup d'œil à mon téléphone de temps en temps pour voir si Levi a envoyé un message.

Il n'y a pas de signal. Je n'ai qu'une barre. Je ne sais pas si c'est à cause de mon téléphone ou du musée lui-même.

Amelia est calme, elle regarde les chefs-d'œuvre, mais elle n'est pas très enthousiaste. Je lui lis les légendes à proximité, en lui expliquant ce que je peux.

Mon téléphone vibre.

— Qu'est-ce qu'il dit ? demande Amelia.

— Il est là. Allons le chercher.

Je lui prends la main et l'entraîne vers l'entrée principale tout en envoyant un SMS à Levi.

On arrive.

En quelques minutes, nous nous retrouvons, et Amelia lâche ma main pour se précipiter dans les bras de son père comme si elle ne l'avait pas vu depuis des semaines.

— Papa ! crie-t-elle.

Le sourire sur son visage s'illumine, et il se penche pour la prendre dans ses bras.

— Tu t'amuses bien avec ta nounou ? demande Levi en me jetant un coup d'œil.

— Clare est la meilleure nounou, se pâme Amelia, qui se tortille dans ses bras et pose sa tête sur son épaule.

— Tu es déjà fatiguée ? Je suis surprise qu'elle ait sommeil. Peut-être que les musées ne sont pas son truc. Elle ne peut pas courir librement.

— C'est probablement à cause du décalage horaire, répond Levi. Tu veux que je te porte ?

Amelia acquiesce avec enthousiasme et passe un bras autour de son cou.

Je n'ose pas admettre que je suis jalouse de l'enfant, qui accapare toute son attention. Mais il se doit d'être là pour elle. C'est sa fille. Et il ne m'ignore pas et n'oublie pas que je suis à ses côtés alors que nous progressons dans le musée.

— Tu as déjà vu la Joconde ? demande Levi.

— Non, je t'ai attendu quand tu as dit que tu venais.

Je lui donne un coup de coude pendant que nous marchons, et tandis qu'il a un bras autour d'Amelia, la gardant nichée contre sa poitrine, son autre main effleure le bas de mon dos.

— On te suit.

Nous avons passé suffisamment de temps ici ce matin pour que je me fasse une idée de la disposition des lieux. Nous nous dirigeons d'abord vers la Joconde, puis nous flânons dans le musée pour en voir le plus possible au cours des deux heures qui suivent.

Mon estomac gargouille et Amelia s'agite dans les bras de Levi. La petite doit avoir faim.

— Vous voulez aller déjeuner bientôt ? demandé-je.

— On peut aller à Disney ? demande Amelia en se tortillant dans ses bras.

— Pour déjeuner ? Non, s'esclaffe Levi. Mais peut-être pour une journée entière, dans quelques jours.

— Combien de temps va durer ce séjour ? demandé-je.

Levi n'a jamais précisé combien de temps nous allions rester à Paris. Je ne m'attendais même pas à être encore la nounou après la première semaine.

— Le temps qu'il faut pour obtenir l'hôtel.

Je pousse un gros soupir. Des jours ? Des semaines ? Des mois ? Il n'est pas très précis.

— Pourquoi ? Tu as des choses à faire quand nous rentrerons ?

— Non, dis-je.

Ce n'est pas ça.

— Bien.

Il est bref, sec, comme s'il voulait faire comprendre que c'est lui qui décide de l'emploi du temps.

— Mais il y a l'école d'Amelia, dis-je.

— Nous devrions être de retour à New York ce week-end. Elle pourra travailler sur ses devoirs cet après-midi avant le dîner ou dans la soirée.

Je suis surprise qu'il ne lui fasse pas faire ses devoirs avant de sortir pour la journée, mais ce n'est pas à moi de lui dire comment élever sa fille. Il s'est manifestement bien débrouillé tout seul.

— Arrêtez de vous battre, gémit Amelia, qui se dégage de ses bras en se tortillant.

Elle s'accroche à ma main.

Les sourcils de Levi se pincent comme s'il venait de réaliser que sa fille avait choisi son camp, même si c'était par inadvertance.

— On ne se dispute pas, je te le promets, dis-je en prenant Amelia dans mes bras. On parle juste de ta scolarité.

Son nez se fronce à la mention de l'école.

— Tu n'es pas excitée à l'idée de commencer une nouvelle école ? demande Levi, s'arrêtant pendant que nous marchons, toute son attention sur sa fille.

— Je n'ai pas d'amis là-bas.

— Tu te feras des amis, dis-je.

Je ne veux pas lui demander combien d'amis elle a laissés derrière elle et la stresser, mais je ne peux pas m'empêcher de me demander comment était sa vie avant que tout cela n'arrive. Avait-elle beaucoup d'amis à l'école ? Combien d'enfants sont venus à son dernier anniversaire ?

Nous sortons du musée et marchons dans le quartier, à la recherche d'un café pour déjeuner. Nous tombons sur un restaurant pittoresque au milieu de la ville animée. Les sièges sont à l'extérieur, le soleil est caché derrière l'auvent, offrant la quantité parfaite d'ombre pour éviter qu'il ne fasse trop chaud.

Le serveur nous apporte des menus en anglais lorsqu'il se rend compte que nous ne parlons pas français, ainsi que trois verres d'eau.

Levi fait boire de petites gorgées à Amelia, veillant à ce qu'elle ne la renverse pas sur ses vêtements, puisque le verre est rempli à ras bord.

— Papa, dit Amelia en attrapant son verre d'eau. C'est à moi.

— Je sais, ma chérie. Je voulais juste m'assurer que le verre n'était pas trop plein.

— Je ne suis pas un bébé, dit Amelia, bien que le léger gémissement dans sa voix, dû à l'agacement, ne la fasse pas paraître totalement convaincue.

— Bien sûr, mais je ne veux pas que tu renverses ton verre sur tes vêtements.

Amelia s'assoit sur ses genoux et se penche en avant, sirotant le verre d'eau avant de le soulever à deux mains.

— Tu vois, je suis une grande fille, dit fièrement Amelia.

— Oui, dis-je. Amelia m'a beaucoup aidée aujourd'hui en me montrant tous les beaux paysages sur le chemin de la gare. Je n'ai jamais été dans une ville aussi ancienne et bien entretenue. C'est plutôt enchanteur. Il y a encore tant de choses que j'aimerais découvrir.

Je bois mon eau et je remarque qu'une femme nous lance un regard noir alors qu'elle se dirige vers le café. Peut-être que le soleil est dans ses yeux et que j'exagère la méchanceté de son regard.

— Levi, c'est toi ? dit la femme en entrant par l'entrée principale et en s'approchant de notre table, ignorant le fait qu'elle n'est peut-être pas la bienvenue ou qu'elle n'est pas invitée.

— Avril, dit Levi en se raclant la gorge. Ca fait longtemps.

Il se déplace maladroitement et semble incroyablement mal à l'aise.

Il s'est manifestement passé quelque chose entre eux.

Elle est absolument magnifique avec ses longs cheveux roux et son sourire chaleureux, même s'il semble faux. Ses yeux bleus brillent dans la lumière du soleil tandis qu'elle se penche vers lui et lui donne des baisers aériens sur les deux joues. Je déteste déjà cette femme.

— Pas aussi longtemps que tu le penses.

Elle sourit à Amelia mais ne croise même pas mon regard.

— Ta maman doit avoir beaucoup de chance d'avoir trouvé un milliardaire.

J'ai envie de lui arracher la gorge pour avoir dit ça à une enfant.

Qui est cette femme, si ce n'est une ex jalouse ? Il est évident qu'ils ont eu une relation intime, à la façon dont elle pose son bras sur l'épaule de Levi, ses doigts caressant possessivement sa peau.

Sa main se pose fermement sur la sienne, mais ce n'est pas d'une manière attendrissante. Il essaie de l'empêcher de le toucher ou peut-être de l'embarrasser.

— Il faut que tu partes, Avril, grince-t-il.

Elle sourit et salue Amelia.

Amelia sourit et lui répond par un signe de la main, sans comprendre que cette femme est la définition même du désordre. Elle est aussi probablement très douée pour créer des scandales. Je peux sentir le drame qui se prépare entre Levi et Avril.

La tension est forte, mais elle n'est pas de nature sexuelle, du moins pas de la part de Levi. Son autre main est serrée en un poing sur ses genoux.

Je la prends dans la mienne.

— C'était un plaisir de vous rencontrer, mais il s'agit d'un déjeuner familial et vous n'êtes pas invitée.

La bouche d'Avril s'ouvre légèrement, et elle expire une bouffée d'air, un demi-rire. Elle est surprise. Que ce soit à cause de mon audace ou du fait que je n'ai pas reculé, peu importe. J'ai gagné. Pas elle.

— Tu ne m'as pas dit que tu étais en ville, dit Avril, ses doigts se glissant dans les cheveux de Levi.

Elle passe ses doigts dans les épaisses mèches sombres, et je jure que j'ai envie de m'élancer à travers la table et de la plaquer au sol. Ma bête intérieure s'est réveillée.

Je suis prête à me battre pour Levi.

— Pourquoi le ferais-je ? demande Levi.

— En souvenir du bon vieux temps ?

Avril hausse les épaules, faisant comme si Amelia et moi n'étions pas à table.

— Tu n'as pas l'air d'un papa. Pourquoi sors-tu avec une femme qui a un enfant ?

Levi se lève, grogne et attrape Avril par le poignet pour l'éloigner d'Amelia et de moi. Je ne peux pas entendre ce qui se dit, et j'essaie vraiment d'écouter leur conversation.

— Je n'aime pas cette dame, lance Amelia, suffisamment fort pour que tout le restaurant l'entende.

— Oui, moi non plus, dis-je.

— Tu crois que papa va sortir avec elle, Clare ?

Je ne pense pas qu'il soit assez stupide pour tomber dans ses bras, du moins pas à nouveau.

— Non, elle n'est pas son genre.

Du moins, j'espère qu'elle n'est plus son genre, parce qu'Avril et moi n'avons rien en commun. Et je ne veux pas dire à la petite que je couche avec son père.

Mais sommes-nous ensemble ?

Personne n'a parlé d'exclusivité.

Je bouge, mal à l'aise, sur la chaise en bois dur. Que vais-je faire s'il décide de sortir avec elle ?

Et s'il veut la ramener à l'appartement ?

Je grimace. Me fera-t-il dormir sur le canapé ? Non, il insistera probablement pour que je rentre afin de ne plus me voir.

Avril approche sa main du visage de Levi, comme si elle lui prenait la joue et s'apprêtait à l'embrasser.

J'inspire un grand coup, incapable de regarder, mais je ne peux pas non plus détacher mon regard.

Il lui rabat la main, lui fait signe de partir et reviens vers nous.

— Cette femme est une menace, murmure-t-il en s'asseyant à la table.

— Elle est plutôt... C'est ton genre ? lui demandé-je.

Je ne rentre pas dans le moule s'il aime les rousses qui sont de vraies garces.

— Oh, non. Je ne sais pas, balbutie-t-il en passant une main dans les cheveux.

Est-il nerveux ?

— C'est juste une amie.

— Je n'aime pas tes amies, dit Amelia.

Le serveur apporte notre repas à la table, et je suis sûre que Levi est reconnaissant de ne pas avoir à répondre à des questions pendant que nous mangeons tous.

— Oui, moi non plus, dis-je en prenant une bouchée de mon sandwich.

Je devrais me taire et ne pas intervenir dans cette conversation déjà désordonnée, mais je ne peux pas m'en empêcher. Je veux qu'il soit bien clair que je n'aime pas Avril.

— Wow, vous deux ? dit Levi. Je n'en attendais pas moins d'elle...

Il fait un signe de tête vers sa fille.

— Mais toi aussi ?

— Je dis ce que je pense.

— Elle était juste surprise que j'aie une fille.

— Oui, ça doit être ça, marmonné-je sous mon souffle.

— Qu'est-ce que ça veut dire ? demande Levi en me fixant du regard.

J'attrape mon verre, je bois mon eau à petites gorgées, la bouche sèche. Je n'arrive pas à réfléchir.

— Alors ? demande Levi avant de prendre une bouchée de son sandwich.

Il attend que je réponde.

— Cette femme s'est pratiquement jetée sur toi et a insulté ta fille.

— Oui, je ne l'aime pas, répond Amelia, s'assurant de pouvoir exprimer son opinion. Ne sors pas avec elle, papa. Elle n'est pas très gentille. Je ne veux pas qu'elle devienne ma maman. Je veux que Clare soit ma nouvelle maman.

Avec une pleine bouchée du sandwich dans la bouche, mes yeux s'écarquillent et tout ce que je peux faire, c'est mâcher. Je suis plutôt reconnaissante de ne pas pouvoir parler, car cette conversation est devenue encore plus gênante.

Les yeux de Levi se resserrent.

— C'est toi qui l'as poussée à dire ça ? demande-t-il en pointant Amelia du doigt.

J'attends une seconde, j'avale ma dernière bouchée, puis j'attrape de l'eau pour la faire descendre avant de parler.

— Non, bien sûr que non.

Pourquoi s'énerve-t-il contre moi ?

— De quoi tu parles ? demandé-je.

—Être la mère d'Amelia. La gamine n'a pas eu cette idée toute seule.

— Levi, baisse d'un ton, dis-je.

J'ai l'impression que plusieurs tables nous regardent.

— On a couché ensemble une fois, et quoi, tu veux que je te passe la bague au doigt ? Tu n'es qu'une nounou, Clare. Ne l'oublie jamais.

Je me lève. Je n'en peux plus de son attitude et de son effronterie.

— Où vas-tu ? demande-t-il.

— J'ai besoin de faire un tour, dis-je, la chaise se dérobant sous moi lorsque je me lève et m'éloigne de la table.

— Assieds-toi, tu fais une scène, fulmine-t-il.

— Non, Levi. C'est toi qui fais une scène.

Si j'avais de l'argent, j'aurais laissé de quoi payer ma part de l'addition. Comme Levi est en congé le reste de la journée, je lui confie Amelia. Ils peuvent faire ce qu'ils veulent. J'ai besoin d'être seule pour me calmer.

CHAPITRE ONZE

Levi

— Qu'est-ce que c'était que ça ?

Je réprimande Amelia après le départ de Clare.

Elle me fixe avec des yeux bleu vif et des cils épais et sombres. Je comprends pourquoi on pourrait la prendre pour la fille de Clare.

Mais Avril avait tort. Amelia est ma fille. Et je l'ai fait savoir quand je l'ai prise à part et réprimandée pour avoir parlé ainsi à ma nounou et à la petite.

Avril et moi avions une connexion torride, mais c'était purement physique. Quand je savais que je venais en ville, je la contactais et nous nous retrouvions pour passer la nuit ensemble après le travail.

Mais je n'ai jamais voulu plus.

— Tu es méchant, dit Amelia en croisant les bras sur sa poitrine.

— Mange le reste de ton déjeuner, dis-je en désignant l'assiette devant elle.

— Non.

Cette gamine ne se laisse pas faire.

Je pousse un soupir lourd, épuisé. Je pourrais mettre ça sur le décalage horaire, mais je pense que c'est autant à cause de Clare que de la rencontre avec Avril.

Avril a toujours été claire : elle voulait que nos aventures deviennent plus sérieuses. Pas nécessairement que nous devions vivre dans la même ville, voire le même pays, mais elle voulait se rapprocher suffisamment pour que je prenne soin d'elle. Que je paie ses factures. Elle cherchait un homme riche.

La mère d'Amelia vient de mourir. Pourquoi parle-t-elle de vouloir une nouvelle mère ? Ça n'a aucun sens. La gamine devrait être en deuil.

À moins que Clare n'ait mis cette idée dans la tête de ma fille pendant que je parlais avec Avril. C'est la seule explication qui tienne la route.

Clare a dit à Amelia de dire qu'elle voulait qu'elle soit sa mère, pas Avril.

Amelia éclate en larmes, sa lèvre inférieure ressortant.

Avec un soupir épuisé, je recule ma chaise de la table.

— Viens ici, Amelia.

— Je veux Clare, dit-elle, les larmes coulant rapidement comme une tempête de pluie en plein été, déversant sa fureur.

— C'est bon. Nous la verrons de retour à l'hôtel.

Je ne peux pas imaginer qu'elle soit partie ailleurs. C'est toujours la nounou de ma fille, et elle n'a pas beaucoup d'argent. La carte prépayée que je lui ai donnée lui permettrait de passer quelques nuits dans un autre hôtel, mais elle aurait du mal à rentrer au pays.

— Tu es méchant, dit Amelia, et j'attrape une serviette propre pour essuyer les larmes et le nez qui coule de ma fille.

— Je n'essayais pas d'être méchant. J'étais honnête. Il y a une différence.

Même si je n'attends pas d'Amelia qu'elle comprenne tout cela.

J'ai toujours des femmes qui se battent pour attirer mon attention, qui me veulent uniquement à cause de mon portefeuille et non de qui je suis.

Clare n'est pas comme ça. Enfin, c'est ce que je pensais. Peut-être qu'Avril m'a fait changer d'avis.

Je prends Amelia dans mes bras et me rassois à la table. Ses sanglots sont silencieux, moins dramatiques, mais toujours aussi intenses émotionnellement.

— Promets-moi que Clare ne t'a pas poussée à dire ça, dis-je.

— Poussée à dire quoi ?

Elle renifle et frotte son nez contre ma chemise. Je suis content d'avoir changé de costume avant d'avoir retrouvé les filles au Louvre.

— Tu as dit que tu voulais que Clare soit ta maman. Pourquoi as-tu dit ça ?

— J'aime Clare, dit Amelia. Elle est gentille avec moi. Et je sais que ma vraie maman m'aime toujours, mais je ne peux pas être avec elle. Je veux une vraie maman et un vrai papa. Et j'aime Clare. Et toi ?

Les larmes déferlent à nouveau, s'échappant sans retenue, et je réalise qu'elle n'a pas eu beaucoup de temps pour pleurer.

Est-ce que j'aime Clare ? C'est une question à laquelle je ne suis pas prêt à faire face.

Peut-être que c'est la façon d'Amelia de faire face au traumatisme.

Est-ce de ma faute, ou bien elle continue à faire le deuil du décès de sa mère ?

Elle a eu un rendez-vous avec le pédopsychiatre la semaine dernière. La plupart de ce rendez-vous a été avec moi, passant en revue l'histoire d'Amelia et discutant en détail de ce qui s'est passé. Ensuite, elle a fait un peu de thérapie par le jeu et des dessins.

Nous sautons la deuxième semaine, car nous sommes en Europe, et elle reverra la femme à notre retour.

Je caresse le dos d'Amelia, essayant de la réconforter de la meilleure façon que je connaisse. Je n'ai jamais eu à faire face au chagrin à un si jeune âge que le sien. Tout cela est nouveau pour moi.

Elle enfouit son visage dans ma poitrine, trempant ma chemise de larmes et de morve. Peu m'importe. Je pourrai me changer une fois de retour à l'hôtel.

Je mange la majeure partie de mon déjeuner, et Amelia mange moins que je ne le voudrais, mais je doute qu'elle ait envie de manger maintenant qu'elle pleure et qu'elle est bouleversée. Elle a probablement perdu l'appétit.

— Tu as fini ?

Elle hoche la tête, et le serveur nous apporte quelques serviettes supplémentaires avec un regard compatissant.

— Merci, dis-je.

J'essuie les larmes de la petite et l'aide à se moucher.

Nous prenons le reste de la journée tranquille, trouvant des macarons et des souvenirs pour qu'Amelia les ramène à la maison. Les larmes s'arrêtent, mais elle ne semble toujours pas être elle-même, brillante et enjouée.

Je la porte un moment avant de la laisser marcher à côté de moi.

Nous montons dans l'ascenseur, et j'utilise la clé pour accéder à la suite penthouse.

Le trajet ne dure que quelques secondes et en sortant de l'ascenseur, j'accompagne Amelia à l'intérieur et pose les sacs sur le sol près du canapé. Je m'occuperai de tout ranger plus tard. Il se peut que je doive acheter une valise supplémentaire pour tout ramener à la maison.

Amelia se précipite dans ma chambre.

— Clare !

Je la suis et je vois Clare fermer sa valise sur le sol, la remettre à l'endroit avant de saisir la poignée télescopique et de la traîner sur le sol.

— Où vas-tu ?

— Je devrais probablement prendre une autre chambre, dit-elle. Le canapé ne sera pas confortable pour nous deux.

— Si tu as oublié, il n'y avait pas de chambres ou de lits supplémentaires disponibles.

Elle souffle un soupir lourd.

— D'accord.

Clare jette un coup d'œil à la porte comme si elle hésitait à partir.

— Tu restes ici avec nous.

Je ne veux pas qu'elle pense qu'elle devrait aller dans un autre hôtel.

— D'accord.

Elle traîne la valise vers la porte ouverte menant au salon.

Je la bloque pour l'empêcher de partir.

— Où emmènes-tu tes bagages ?

— Je pensais les mettre dans ma chambre.

— Dans ta chambre ? répété-je.

Je pensais que nous avions déjà convenu qu'elle restait ici, dans cet hôtel, dans la suite penthouse.

— C'est soit le canapé-lit, soit le sol de la chambre d'Amelia, dit Clare, laissant entendre que ces deux options n'incluent pas le fait de partager un lit avec moi.

— Ma chambre ! s'écrie Amelia, sans se rendre compte que c'est la pire des deux options.

Le canapé-lit doit être plus confortable ; même s'il est bosselé, il doit être meilleur que le sol. La moquette a été lavée mais pas remplacée depuis des décennies. Même avec une couverture supplémentaire sur le sol, c'est dur et dégoûtant.

— Pouvons-nous parler ? demandé-je

— Je pense que tout ce qui devait être dit a été dit aujourd'hui, au déjeuner.

Clare saisit la poignée de sa valise.

Je ne bouge pas du chambranle de la porte.

Il est difficile d'avoir cette conversation intense et intime devant ma fille. Je dois trouver une distraction pour Amelia, et cela ne doit pas impliquer la nounou qui joue avec elle et m'ignore.

— Amelia, il est temps de faire tes devoirs. Prends ta tablette sur la table du salon.

Je l'ai branchée ce matin pour la réunion. Elle a eu largement le temps de se charger.

Elle marmonne et saisit son iPad, l'emmenant sur le canapé pour faire ses devoirs. Nous avons déjà passé en revue comment accéder aux devoirs et elle se débrouille plutôt bien avec l'utilisation de l'appareil. Elle met ses écouteurs pour écouter les instructions du professeur.

Maintenant, nous avons un peu d'intimité.

— Remets ta valise, dis-je, fixant Clare du regard avec intensité.

Elle soupire et la pousse sur le côté du lit alors qu'elle se tient à quelques centimètres de moi.

— Il n'y a rien à dire, me lance Clare, son regard rivalisant d'intensité avec le mien.

— Il y a beaucoup à dire.

Je m'approche, réduisant la distance entre nous. Avec Amelia occupée, je peux parler ouvertement avec Clare.

— Pour commencer, avais-tu l'intention de démissionner ?

— Quoi ? Non.

Sa bouche s'ouvre en grand.

— Je t'ai dit que j'allais prendre une chambre séparée pour que nous n'ayons pas à partager le même lit, et tu peux ramener cette rousse ou n'importe qui d'autre que tu veux. Je ne serai pas sur ton chemin.

Je grogne et m'approche de son espace personnel, mes doigts s'enroulant autour de ses cheveux, inclinant son regard pour rencontrer le mien.

— Il n'y a personne d'autre que je veuille, Clare. Mets-toi ça dans ton joli crâne.

Elle souffle.

— Wow, quel compliment.

Son regard noircit, et elle essaie de se dégager, mais je serre ma prise, ne la laissant pas partir si facilement. Mon autre main se glisse autour de sa taille, la maintenant fermement contre moi.

Je veux qu'elle ressente ce qu'elle me fait ressentir. Ce ne sont pas des sentiments que j'éprouve pour quelqu'un d'autre.

— Arrête d'essayer de me charmer, me lance-t-elle d'un air méprisant.

Les joues de Clare sont rouges, et je me demande si c'est une mauvaise idée. Elle pourrait me gifler ou me frapper pour être trop direct.

Mais cela ne ferait pas autant de mal que si elle partait ou démissionnait.

Je ne la laisserai pas faire. Amelia a besoin d'elle presque autant que moi.

— Tu trouves que je suis charmant ? dis-je, essayant de détendre l'atmosphère.

Son nez se retrousse, et c'est absolument adorable. Mais ses joues ne s'éclaircissent pas. Au contraire, elles deviennent encore plus rouges. Je desserre mon emprise intense sur ses cheveux et passe mes doigts dedans, avant de guider ma main vers sa joue.

— Je trouvais que tu étais charmant jusqu'à ce que je rencontre Avril.

Clare ne tourne pas autour du pot. C'est l'une des choses que j'aime habituellement chez elle. Mais en ce moment, cela me rend nerveux.

Avril était une erreur. Un nom de plus sur la liste des femmes avec qui j'ai couché sans aucune connexion émotionnelle.

— Elle fait partie de mon passé, Clare. Je ne suis pas venu à Paris pour coucher avec elle.

— Je le sais. Je ne suis pas naïve, mais je n'aime pas être ton bouc émissaire.

Je prends une grande inspiration.

— Je comprends, dis-je.

Au moins, elle touche au cœur du problème.

— Amelia m'a juste pris au dépourvu plus tôt, et Avril a toujours insisté pour que je lui offre une bague, que je lui fasse une demande en mariage.

— Elle est après ton argent, réalise Clare, faisant le lien. Je ne suis pas Avril. Je ne veux pas ton argent. Au cas où tu l'aurais oublié, tu me paies pour m'occuper d'Amelia. Rien d'autre.

Je déteste à quel point elle a raison. Même quand j'ai donné à Clare plusieurs centaines de dollars pour qu'elle disparaisse pendant que mon agaçant petit frère était à la maison, elle a dépensé tout l'argent pour ma fille. Elle ne l'a pas utilisé pour elle-même, ce qui était l'objectif de l'argent.

— Je devrais te donner un salaire pour ton travail, dis-je.

Cela m'a traversé l'esprit quand je ne l'ai pas licenciée après la première semaine, mais nous n'avons plus reparlé des finances ou du compte où mettre de l'argent pour elle.

C'est entièrement de ma faute. J'ai été absorbé par le voyage à Paris et l'hôtel que nous envisageons d'acheter.

— Je ne veux pas de ton argent.

Clare se déplace sur ses pieds.

— Quand nous rentrerons à New York, tu devrais engager une nouvelle nounou. Quelqu'un de plus qualifié.

— Quoi ?

Je n'arrive pas à croire ce que j'entends.

— Clare, non.

— Tu n'y es pour rien. Je démissionne. Je retournerai à l'enseignement et je te donnerai suffisamment de préavis pour que tu puisses engager quelqu'un d'autre et faire autant d'entretiens avec des nounous que tu en auras besoin, mais cet arrangement entre nous doit prendre fin.

Mes mains se détachent de sa peau comme si elle était le feu et moi la glace. Je ne peux pas supporter ça, pas maintenant, pas quand j'ai une énorme réunion cette semaine et que je dois me concentrer sur les détails de l'entreprise. Je recule d'un pas et passe mes doigts dans mes cheveux.

Mon cœur me fait mal et mon estomac se retourne. Je me dirige vers la porte d'entrée.

— Où vas-tu ? demande Clare.

— Dehors.

Je ne peux pas faire face à elle. Si elle veut que cela reste strictement professionnel, alors elle peut s'occuper de ma fille et se concentrer sur le fait d'être la meilleure nounou possible pendant qu'Amelia est sous sa garde.

Je prends l'ascenseur et sors dehors en colère, ayant besoin de l'air frais pour me ressaisir.

Concentre-toi.

Mais tout ce à quoi je peux penser, c'est son corps sous moi ; ses doigts qui se cramponnent à mon dos, me griffant.

Une nuit.

Une sacrément bonne nuit. La meilleure que j'aie eue. Et ce n'était pas seulement l'acte en lui-même qui était sensationnel, c'était elle. Le fait que je tombe amoureux d'une fille dont je ne devrais pas me soucier.

C'est la nounou de ma fille.

Sans parler de la différence d'âge. Et puis, je suis son foutu patron. Son patron. Coucher avec elle était une erreur.

Même si c'était incroyable. Peut-être que ce qui se passe à Paris devrait rester à Paris. Pouvons-nous ignorer ce qui s'est passé et prétendre que c'était juste un rêve, une fantaisie ?

Je traverse la ville, marchant jusqu'à ce que mes jambes soient fatiguées, mais pas aussi endolories que mon cœur, la blessure que j'ai causée en couchant avec mon employée.

Ce n'est pas comme si nous n'étions pas des adultes responsables. Nous savions tous les deux ce qui pouvait se passer.

Je ne m'attendais pas à ce qu'Avril apparaisse et gâche tout. Je me dirige vers l'hôtel lorsque mes jambes me font mal et brûlent. Je garde le rythme, la sueur perle sur mon front.

Clare ne m'appelle pas et ne m'envoie pas de message. Pas que je m'attende à ce qu'elle le fasse. Amelia devrait être absorbée par ses devoirs, et avec les écouteurs, j'espère qu'elle a raté notre dispute.

Au loin, je vois le grand bâtiment, notre hôtel, au coin de la rue. Je traverse la rue et prends un virage, percutant de plein fouet Avril.

Pour l'amour du ciel. Dois-je me la coltiner deux fois en une journée ?

— C'est sûrement une cruelle plaisanterie.

— C'est si terrible d'être en ma présence ? demande Avril.

Ses yeux sont froids mais séduisants alors qu'elle attrape mon bras.

— Ta fille n'est pas dans les parages ?

— Elle est de retour à l'hôtel avec la nounou, dis-je.

Je retire sa main de mon bras. Je ne suis pas intéressé à recommencer quoi que ce soit avec Avril. C'était juste une amante, rien d'autre. Nous étions d'accord pour que cela reste sans engagement entre nous. Bien que cela ait été plus de mon fait. Elle voulait une bague, un mariage exotique et un accès à mon compte en banque.

Ses doigts effleurent ma poitrine, sa main douce et délicate alors qu'elle essaie de me séduire.

— Tu veux venir chez moi ? demande-t-elle, étant directe avec ce qu'elle veut.

— Bien que j'apprécie l'offre, je ne peux pas.

— À cause de la nounou ou de ta fille ?

— Des deux.

Je grimace et décide de ne pas répondre à d'autres de ses questions. Je retourne à l'hôtel, voulant m'éloigner d'Avril, me détendre, peut-être prendre une bière et une douche.

Elle comprend le message et me laisse tranquille. Peut-être réalise-t-elle que c'est fini, que j'en ai fini avec ce que nous avions.

Je suis sûr que je sens l'odeur de l'extérieur après ma marche. Mes pieds sont douloureux, et je retire mes chaussures dès que j'arrive dans la suite penthouse.

Amelia est toujours sur le canapé devant sa tablette, travaillant sur ses devoirs.

Clare se tient près du réfrigérateur, en train de prendre de l'eau. Elle lève les yeux quand j'entre, remarquant que je suis de retour, mais elle ne dit rien.

Son silence brise mon cœur en mille morceaux.

— Je suis désolé, dis-je, voulant annuler les erreurs que j'ai commises.

— Pour quoi ? demande Clare.

Elle ouvre la bouteille et prend une gorgée, ses yeux ne quittant jamais les miens.

Je ne lui réponds pas, du moins pas tout de suite.

— Est-ce que tu t'excuses parce que tu as couché avec moi, pour ce que tu as dit, ou peut-être parce que tu m'as embauchée en premier lieu et que tu as réalisé que c'était une erreur ?

Ses lèvres serrent la bouteille d'eau, et elle penche la tête en arrière.

Bon sang, même la façon dont elle boit de l'eau me donne une érection.

— Ne parle pas à ma place, dis-je, en lui prenant la bouteille.

Je bois une gorgée, assoiffé et désirant cacher la véritable raison de ma mauvaise humeur.

Pourquoi ne puis-je pas étouffer cette partie ? Je ne devrais pas désirer la voir nue. Mince, je l'ai déjà vue quand nous avons pris notre douche ensemble et je l'ai sentie quand nous étions enlacés dans les draps la nuit dernière.

Les yeux de Clare se resserrent et elle passe devant moi, prenant une deuxième bouteille d'eau dans le réfrigérateur, puisque j'ai été un imbécile et lui ai volé la sienne.

Elle ne discute pas. J'attends, mais rien ne vient.

Le silence est presque insupportable.

— Cela n'a pas d'importance. Je t'ai vue dans la rue avec cette rousse.

— Quoi ?

Je n'arrive pas à croire ce que j'entends.

Elle pointe du doigt les grandes fenêtres. Elles n'ont pas de rideaux et offrent une vue magnifique sur la Tour Eiffel, mais elles donnent également sur la rue en dessous.

— Est-ce que vous prévoyez un rancard ce soir ? demande-t-elle. Si c'est le cas, dis-le-moi et je pourrai emmener Amelia prendre un dessert ou faire une promenade dans la rue.

Je jure percevoir une pointe de jalousie dans sa voix. Est-ce cela qui la met en colère ? Pense-t-elle que je veux quelque chose avec Avril ? Parce que ce n'est pas le cas.

Le fait qu'elle apparaisse près de l'hôtel n'est pas une coïncidence. Elle sait que c'est l'un des endroits où je séjourne.

— Je n'ai de rancard avec personne.

Je grince des dents, mes poings se serrant sur mes côtés.

— Elle nous est tombée dessus.

— Et tout à l'heure, dehors ?

— Je l'ai croisée par hasard. Je ne veux rien avoir à faire avec elle.

Je bois une longue gorgée d'eau, me réhydratant.

— Je suis désolé que tu te sentes incertaine de ce que nous avons, mais elle n'est pas la femme avec qui je veux...

La bouche de Clare reste ouverte.

— Tu es un salaud, dit-elle en passant devant moi pour aller dans la chambre d'Amelia.

Il ne fait aucun doute qu'elle essaie de me fuir.

Je ne la laisse pas faire.

Je lui attrape le poignet et la ramène dans mes bras, la faisant tourner pour me faire face.

— Ce n'est pas fini entre nous.

Elle inspire un souffle tremblant, me regardant. Elle jette un bref coup d'œil à mes lèvres puis plonge dans mon regard brûlant.

— Je n'aurais pas dû dire ce que j'ai dit au café. Je suis désolé.

— C'est une excuse de merde, dit Clare, se dégageant de mon emprise. Tu ne peux pas te comporter comme un idiot et prétendre que tout va bien dix minutes plus tard. Je suis toujours en colère contre toi !

Pourquoi cette femme est-elle si exaspérante ?

— Je sais, je comprends, dis-je. Mais tu dois voir les choses comme je...

— Non merci.

Pourquoi est-elle si frustrante ? Je ne devrais pas m'en soucier. C'était une nuit sauvage et passionnée, rien de plus.

Sauf qu'elle s'entend tellement bien avec Amelia, et cela me rapproche encore plus d'elle, émotionnellement et physiquement. La façon dont elle prend soin de ma fille, c'est une partie d'elle. Je ne peux pas simplement laisser ça derrière moi.

— Je n'accepte pas ta démission, dis-je.

— Quoi ?

Son front se plisse.

— Est-ce parce que je n'ai pas accès à un ordinateur et que je ne peux pas écrire physiquement une lettre ? Parce que je le ferai dès que nous rentrerons et que je pourrai aller à la bibliothèque.

— Non.

Je lève la main.

— Tu ne démissionnes pas. Tu es la meilleure chose qui soit arrivée à Amelia. La petite progresse de tellement de façons.

Je ne veux pas penser à ce que ce sera sans Clare et à la façon dont sa remplaçante s'occupera d'Amelia.

Je ne suis pas sûr que ma fille puisse traverser une autre transition.

Je ne veux certainement pas qu'une autre nounou vive sous mon toit pour s'occuper de ma fille.

Je veux Clare.

CHAPITRE DOUZE

CLARE

Levi est exaspérant !

Comment peut-il ne pas accepter ma démission ? Cela n'est pas négociable. Je n'essaie pas de rester employée et de le convaincre de me donner plus d'argent, même si franchement, ce milliardaire est un radin. Il ne m'a pas offert un centime de plus que le logement et la nourriture.

Je devrais faire une virée shopping avec la carte Currency Passport qu'il m'a donnée. Tout dépenser en articles de luxe qu'il devra mettre dans l'avion.

Pff. Quel fantasme. Il n'y a aucune chance qu'il propose de porter mes bagages jusqu'à l'avion après cette semaine.

Le type me déteste, et je n'ai pourtant rien fait de mal. C'est comme s'il était en syndrome prémenstruel masculin.

Bien que j'admette que je n'aime pas la rousse, et la voir le toucher devant l'hôtel a vraiment bouleversé les choses.

Nous nous sommes presque ignorés pendant tout le reste du voyage, et nous rentrons plus tôt que prévu, probablement parce que Levi dormait sur le canapé.

Il est encore plus grincheux et impossible à supporter. Heureusement, Amelia a ses écouteurs et son film pour s'occuper pendant le vol.

Mon liseuse électronique est éteinte. Je suppose que l'adaptateur cheap a endommagé l'appareil, alors je suis obligée de fixer par la fenêtre, évitant toute discussion avec Levi.

Comme nous ne sommes pas partis d'un grand aéroport, je n'ai même pas pu acheter un livre de poche dans une de ces boutiques. Dommage.

Levi fait les cent pas dans l'avion. Il est agité et irrité. Est-ce à cause de moi ?

Je le regarde, ouvre la bouche, mais je me ravise.

J'ai déjà connu un très mauvais vol avec lui. Je ne veux pas répéter la première fois que nous nous sommes rencontrés. Je ferme les yeux, fais semblant de dormir et me reposer quelques minutes.

Levi arrête de faire les cent pas, se tenant dans l'allée juste à côté de mon siège. Je sens sa présence. Est-ce qu'il me regarde ou pense à autre chose ?

— Tu dors ? demande-t-il, mais il connaît déjà la réponse.

Mes yeux s'ouvrent brusquement, et je me tourne vers lui.

— Apparemment pas.

— Est-ce que tu vas vraiment me forcer à embaucher une nouvelle nounou pour Amelia ?

On est encore sur ce sujet ? Je soupire et passe une main dans mes cheveux. Je défais ma ceinture de sécurité et me lève, voulant être à sa hauteur, enfin, presque. Il est toujours beaucoup plus grand que moi.

— Tu ne veux pas de moi ici, Levi. Tu peux à peine me regarder.

Sa langue passe sur ses lèvres.

— Ce n'est pas vrai.

Il me regarde, essayant de prouver son point, mais je sens le combat intérieur. Je le ressens aussi. C'est trop lourd, trop intense. Trop difficile à supporter.

— Nous n'aurions pas dû coucher ensemble, dis-je.

C'est ce qui le tracasse, n'est-ce pas ? Le regret. C'est la seule émotion que je peux comprendre vu son comportement.

— Tu as raison.

Il est brusque. L'ai-je agacé, encore une fois ?

— Eh bien, nous n'avons pas à nous en inquiéter, puisque cela ne se reproduira pas.

J'essaie de cacher ma déception.

— C'est probablement mieux comme ça. Je veux dire, ce n'était pas si bien de toute façon.

C'est un mensonge, et je m'éloigne de lui et m'affale à nouveau dans le fauteuil en cuir, en regardant par la fenêtre.

Nous sommes hauts dans le ciel. Il n'y a pas grand-chose à voir. D'ailleurs, l'océan est la seule chose autour de nous pendant des kilomètres et des kilomètres.

— Est-ce vraiment ce que tu penses ? demande Levi.

Il s'approche de mon siège, bloquant l'allée. Pas que je prévois de me lever à nouveau.

— Tu me traites de menteuse ? demandé-je, le regardant, le défiant.

Il est grincheux. Lui rendre la pareille est tout ce que je peux faire pour lui tenir tête.

Son regard se durcit.

— Je dis que tu te trompes. Tu es tellement en colère contre moi que tu ne te souviens même pas à quel point c'était bon.

— Ce n'était pas si bon.

Un autre mensonge. Même moi je ne suis pas convaincue, mais je force un sourire.

— Crois-moi, Levi. J'ai connu mieux.

— Qui ?

— Sérieusement ? Tu veux des noms ?

Je suis choquée qu'il ne s'éloigne pas.

— Tu as mentionné que tu étais mariée, et que ton mari était nul au lit.

— Ah oui ?

Je hausse les épaules et j'aimerais vraiment avoir un livre à lire pour faire semblant en ce moment. La fenêtre n'est pas si intéressante, et Levi n'est pas assez idiot pour penser qu'elle l'est.

— C'était avant lui.

Il serre les lèvres.

— Je peux faire mieux.

— Comment ? dis-je en le regardant.

— Si tu penses que c'était médiocre, je peux faire mieux. J'étais sous pression, avec Amelia à côté, et être avec toi pour la première fois m'a complètement déstabilisé.

Je me couvre la bouche pour ne pas éclater de rire. Ce n'était pas médiocre. C'était carrément incroyable et ça a fait battre mon cœur jusqu'à ce qu'il soit sur le point d'exploser.

Mais il n'a pas besoin de le savoir.

— Ouais, pour être honnête, j'ai dû simuler.

Un autre mensonge, et cette fois ses yeux s'écarquillent.

— Tu te fous de moi, dit Levi. Là, je sais que tu racontes n'importe quoi. Je peux faire la différence entre une femme qui jouit et une femme qui simule.

— Vraiment ? Tu en es sûr ?

Je fais de mon mieux pour garder un visage impassible. Je ne suis pas sûre que mes joues ne trahissent pas la vérité, car l'avion est un peu plus chaud qu'il y a quelques minutes.

— Clare.

Son regard se durcit, et il me dévisage.

— Tu me dis que tu n'as rien ressenti ? Parce que je sais que tes dessous étaient trempés avant même que je te lèche.

— L'idée de toi était excitante, dis-je, en me raclant la gorge, ayant momentanément perdu ma voix. Mais la réalité fut un désastre.

Il y a du vrai là-dedans. Il doit le voir. Nous ne pouvons pas être en couple. Il est trop possessif et exigeant. Trop autoritaire, même en dehors du travail. Il m'a même accusée de semer des idées, de semer des pensées maternelles, dans la petite tête d'Amelia. Quel genre de monstre croit-il que je suis ?

Oh, oui, une de ces filles qui cherche à voler son argent. Eh bien, il regrettera de découvrir que je n'en veux pas. Je ne l'ai jamais utiliser pour moi, même quand j'en avais l'occasion.

Bonne chance pour trouver une autre nounou aussi bonne et honnête.

— Je ne te crois pas, dit Levi.

— Je m'en fiche.

Je hausse les épaules et me déplace sur mon siège.

Il boude, et bon sang, quand il est en colère, il est encore plus séduisant. C'est injuste à quel point cet homme est irrésistible.

— Embrasse-moi.

— Quoi ?

Je rencontre son regard. Comment l'embrasser prouverait-il quoi que ce soit ?

— Si tu penses que je suis nul au lit, la moindre des choses est de m'embrasser pour prouver qu'il n'y a pas d'étincelle.

Ce n'est qu'un baiser. Je peux simuler l'indifférence.

— D'accord.

Je me lève et me dépoussière les jambes comme s'il y avait de la saleté dessus après avoir été assise seulement cinq minutes à discuter.

J'essaie de me distraire du fait que Levi est tout en sex-appeal. Au lieu d'un costume, il porte un jean serré et un t-shirt noir qui lui va parfaitement. A-t-il prévu ça, de s'habiller de façon à ce que je sois encore plus attirée par lui ? Ça devrait être un crime.

Sa main saisit brutalement mon bras, me rapprochant de lui. Mais il ne me tire pas dans l'allée. Au lieu de ça, il me maintient entre mon siège et la fenêtre.

Tout ce que j'ai à faire, c'est l'embrasser et prétendre que cela ne signifie rien.

Facile.

Ce n'est pas comme si nous ne nous étions jamais embrassés auparavant. En outre, je veux toujours démissionner, le laisser derrière moi, et oublier son accusation qui m'a déchirée jusqu'au plus profond de moi. Un baiser ne peut pas effacer cette douleur.

Une main serre mon bras tandis que l'autre remonte vers ma joue, poussant mes cheveux derrière mon oreille.

Il m'embrasse, et je ne réponds pas, mes lèvres ne lui donnant pas ce qu'il veut.

— Wow, vraiment aucune étincelle.

Il sourit en m'attrapant les fesses.

Ma bouche s'ouvre de surprise, et il se penche de nouveau.

Il m'embrasse, sa langue pénétrant dans ma bouche, et bien que je sois surprise et déconcertée, il parvient à faire fondre la glace autour de mon cœur. Et je le déteste pour ça.

Levi ne devrait pas pouvoir m'embrasser pour me soumettre et obtenir ce qu'il veut.

Il ne s'arrête pas là. Ses doigts s'enroulent dans mes cheveux, approfondissant le baiser. Sa main qui était sur mon bras se déplace vers ma hanche, me rapprochant de lui tandis que ses doigts glissent le long de mes hanches et sur mes fesses. Il me caresse à travers mes vêtements. La robe en mousseline bleue n'était pas le meilleur choix pour un long vol, surtout pendant une énorme dispute avec le grognon.

Il n'explore pas sous ma robe, ne franchissant aucune limite sans demander d'abord, et il a demandé l'autorisation de m'embrasser.

Mon esprit est dans les nuages, mon corps en feu, mais je ne veux pas qu'il voie ou ressente l'effet qu'il a sur moi.

Levi se recule.

— Tu es une reine des glaces insensible.

Je lui donne une tape sur le bras.

— Ne sois pas un idiot.

— C'est toi qui as dit que je ne te faisais pas d'effet.

S'attendait-il à ce que je tombe à genoux ? Je recule en arrière, m'éloignant de lui, et retourne à mon siège.

— Nous n'avons pas fini, dit Levi.

— Oh, si, Voleur de culottes.

Son regard se durcit, et il ouvre la bouche, mais secoue la tête. Je suppose qu'il en a assez de mes remarques sarcastiques. Il se dirige vers son siège mais ne s'assoit pas.

Il m'ignore pendant le reste du vol.

Plus le silence s'étire, plus je réalise à quel point j'ai été cruelle envers lui et probablement envers son ego. Il est probablement meurtri, inquiet que toutes les autres femmes avant moi aient également simulé.

Mais cela ne l'excuse en rien pour la façon dont il s'est comporté au café. J'ai toujours été un peu rancunière. Ce n'est pas la meilleure des qualités, et j'aimerais pouvoir laisser glisser les souvenirs douloureux de mes épaules. Au lieu de cela, ils finissent toujours par s'infiltrer, me rappelant que je ne suis pas assez bien.

Ce ne sont pas les mots de Levi, mais ceux de Zander.

Je ne veux pas que Levi pense que je suis méchante. Même si je suis en colère, je ne devrais pas tout déverser sur lui. Je me lève et me dirige vers son siège.

Il a un journal et prétend s'intéresser à l'article qu'il lit. Ou peut-être qu'il peut se concentrer alors que quelqu'un le regarde par-dessus son épaule. Je n'ai jamais été douée pour ça. Je suis facilement distraite.

— Oui ? dit-il, mais ne lève pas les yeux vers moi.

— Je suis désolée, dis-je, me sentant écrasée.

Il souffre, et cette fois c'est de ma faute.

— Pourquoi ? Tu n'y peux rien si je suis nul au lit.

Je grimace et pince l'arête de mon nez.

— Tu sais que ce n'est pas vrai.

— Je n'ai pas besoin de ta pitié, Clare. Retourne t'asseoir à ta place.

C'est peut-être ce qu'il veut que je fasse, mais je n'obéis pas à ses ordres. Quand ai-je déjà écouté et fait ce qu'il me demandait ?

— J'ai dit ces choses juste pour te rendre la pareille de m'avoir blessée.

Je le fixe, attendant qu'il me regarde.

— Rien de tout ça n'était vrai, ajouté-je.

— Alors, tu es une menteuse ? lance-t-il avec un regard assassin.

Je hausse les épaules.

— Appelle ça comme tu veux.

Je ne vais pas gagner cette manche. Aucun de nous ne gagnera. Nous sommes tous les deux trop têtus.

Levi mord sa lèvre inférieure.

— Et si on faisait une trêve ? On laisse les trucs sexuels de côté et tu redeviens la nounou d'Amelia ?

J'expire un soupir lourd.

— D'accord. Tu as gagné.

Il hausse un sourcil, incertain de ce que je veux dire. Il secoue la tête, attendant que je m'explique.

— Je vais rester.

CHAPITRE TREIZE

Levi

Je suis soulagé lorsque nous sommes de retour à New York et que je peux éviter d'être enfermé dans la cabine d'un avion avec Clare. Au moins, la maison est plus grande que le penthouse. Je n'ai pas à partager un lit avec elle, encore moins une suite.

D'ailleurs, c'est dommage que nous ne soyons pas de part et d'autre de la maison.

Amelia est inconsciente de la tension entre nous. Elle est épaisse et impossible à couper alors que nous faisons de notre mieux pour nous éviter l'un l'autre.

Suis-je vraiment si désagréable ? Peut-être que vivre avec moi est un enfer. Vivre avec Clare n'est pas non plus une partie de plaisir. Elle est tout sourires et rayons de soleil.

Nous sommes complètement opposés.

Nancy vient me trouver dans mon bureau.

— Votre mère appelle encore, monsieur.

Je grogne et penche la tête en arrière.

— Vous ne pouvez pas la renvoyer sur la messagerie vocale ?

— Elle continuera à appeler. Elle veut rencontrer Amelia.

Nancy est-elle sérieusement du côté de ma mère ?

— D'accord.

Je réponds à l'appel, bien que je n'aie pas envie de lui parler pour l'instant. J'ai besoin d'être de bonne humeur et cette semaine est en train de partir dans l'autre direction.

— Salut, maman, dis-je, forçant un sourire.

— Je pensais que tu allais appeler quand tu serais de retour en ville ?

Je soupire.

— J'ai été occupé, mais je sais que tu veux rencontrer Amelia.

— Je veux aussi voir mon fils, ajoute-t-elle. Mais oui, j'aimerais rencontrer ma petite-fille. On peut dîner ce soir ?

Si je dis non, elle viendra probablement quand même à la maison. Ce n'est pas inhabituel pour elle de venir sans prévenir. J'ai de la chance qu'elle n'ait pas déjà fait une visite surprise.

— D'accord, dîner ce soir chez moi. Tu peux venir vers dix-neuf heures ?

— Mon Dieu, Levi. À quelle heure couches-tu l'enfant ?

C'est Clare qui a fixé une heure de coucher et qui emmène Amelia au lit. Je n'ai pas été très présent avec mon travail.

— Je serai là à dix-sept heures, dit-elle. Ça te laisse beaucoup de temps pour commander à emporter et me donner du temps supplémentaire avec ma petite petite-fille.

— Elle a cinq ans, maman.

Nous raccrochons, et je termine tout ce que je peux au bureau avant de prendre mon téléphone et appeler Clare, même si je lui envoie habituellement des textos.

— Tout va bien ? demande-t-elle. Tu n'appelles pas d'habitude.

— Ma mère nous a pris au dépourvu en s'invitant à dîner ce soir.

— Oh, dit Clare, sa voix douce. Est-ce que tu veux que je disparaisse pendant quelques heures ?

Je fronce les sourcils. Pourquoi penserait-elle ça ?

— Non, elle sait que j'ai une nounou pour Amelia. C'est bon. Je vais commander à emporter. Y a-t-il quelque chose qui te ferait plaisir ?

J'inhale un souffle brusque, réalisant que mes mots pourraient facilement avoir une autre signification.

Elle ne mord pas à l'hameçon, ou bien elle laisse couler.

— Italien, sushi, chinois, tout me va. Tu peux m'envoyer un lien vers le menu, et je choisirai quelque chose.

— Tu n'aimes pas quand je commande pour toi ?

— Quand tu commandes pour moi, tu achètes beaucoup trop de nourriture. Assez pour nourrir tout le voisinage, et ça finira par périmer avant que nous puissions tout manger.

Elle a raison.

— D'accord, je t'enverrai un menu dès que j'aurai réduit nos options de restaurants. Je suis tenté de choisir des sushis parce que ma mère refuse de manger du poisson cru.

Clare rigole.

— Tu es vilain !

— Eh bien, elle s'est invitée pour le dîner. Je suis juste celui qui va chercher la nourriture.

— Et qui commande aussi, dit Clare.

Nous raccrochons et je lui envoie le menu d'un restaurant de sushis près d'ici. Ils ont de merveilleux plats. Quand l'heure approche de dix-sept heures, je passe commande et demande à Douglas si nous pouvons la récupérer sur le chemin du retour.

Je rentre par la porte d'entrée. Ma mère est là. Il est dix-sept heures deux

— Chéri, tu ne m'as pas dit que ta nounou était superbe et drôle, dit ma mère en me serrant dans ses bras quand elle me salue.

Je souris et feins l'innocence.

— Je n'ai pas remarqué. C'est la nounou d'Amelia, pas la mienne.

Je pose le sac de plats à emporter sur la table de la salle à manger.

La table est déjà mise, et j'imagine que Clare y est pour quelque chose. Elle sort les plats du sac, en ouvre chacun pendant que je prends les ustensiles appropriés et distribue les baguettes.

— Du poisson cru ? dit ma mère, en se raclant la gorge.

Amelia hausse un sourcil.

— Tu as oublié de cuisiner mon dîner ?

— Non, ma chérie, c'est comme ça qu'on mange ça, dit Clare, et elle sépare les baguettes en bois.

Elle prend un sushi et le met dans son assiette avant d'en prendre une bouchée.

Je prends un morceau de chaque pour qu'Amelia puisse goûter. Je n'avais même pas pensé qu'elle n'avait peut-être jamais mangé de sushi auparavant. Je ne me souviens pas d'avoir mangé des sushis avec Katelyn, sa mère, mais c'était il y a si longtemps.

Amelia pique son sushi, hésitant à le goûter.

— Comment as-tu trouvé cette fille ? demande maman, en désignant Clare. Elle est mignonne et s'entend bien avec l'enfant.

— Histoire drôle, mais pas super à raconter pendant le dîner, dis-je, essayant de changer de sujet. Et elle est incroyable avec Amelia.

— J'étais institutrice de maternelle avant, dit Clare. J'ai un peu d'expérience avec les enfants difficiles.

— Je ne suis pas difficile, rétorque Amelia en s'enfournant le morceau avec sa main dans sa bouche.

Ses yeux s'écarquillent quand elle réalise qu'elle a pris le morceau épicé, et elle le recrache sur son assiette.

— Je ne pense pas qu'elle aime le crabe épicé, dit Clare.

— Chaud ! Chaud !

Amelia ventile sa bouche, sa langue pendante comme si elle haletait.

Je prends un morceau de crabe épicé, et c'est plutôt relevé, mais pas si mauvais que ça. C'était une des demandes de Clare. J'espère qu'elle ne m'en voudra pas si nous partageons tous les sushis.

— Essaye ça, dit Clare, en mettant un morceau d'un rouleau à l'avocat dans son assiette.

Amelia le prend, l'examine, et le sent avant de le mettre dans sa bouche.

— Clare, si tu n'y vois pas d'inconvénient, quel âge as-tu ?

— Vingt-sept, dit-elle. Je ne pense pas avoir pu travailler dans une maternelle alors que j'étais encore au lycée.

— Oh, c'est vrai, dit maman. Tu es si jeune. Honnêtement, quand Levi a dit qu'il avait embauché une nounou, je pensais que ce serait quelqu'un de beaucoup plus âgé.

— Etes-vous inquiète par rapport à mon expérience ? demande Clare.

Elle est directe et n'a pas peur de ma mère. J'aime ça.

— Non, je ne m'attendais simplement pas à quelqu'un d'aussi jeune. Vu que mon garçon vient de fêter ses quarante ans, je pensais qu'il chercherait quelqu'un de son âge.

Je penche la tête, regardant ma mère. Est-ce qu'elle essaie sérieusement de me marier avec la nounou ? Il n'y a pas de limites avec cette femme.

— C'est la nounou, pas la femme que j'amène dans mon lit.

Enfin, plus maintenant.

— Très bien, dit maman. Ça compliquerait les choses, et l'écart d'âge, mon Dieu. Ça ne serait guère approprié.

— Approprié ?

Je regarde de ma mère à Clare.

— Nous sommes des adultes. Ce que nous décidons de faire ou de ne pas faire nous appartient entièrement. Pourquoi avons-nous même cette discussion ? demandé-je.

Clare sourit et enfourne un autre morceau de sushi dans sa bouche. Elle évite de parler. Intelligent. J'aimerais pouvoir en faire autant.

— Je veux juste voir mon fils heureux, se poser. Tu as un enfant, et ce serait bien si tu avais une autre personne avec qui partager cette joie dans ta vie.

— Je te jure, maman, si tu essaies encore de me caser avec une de tes amies de l'église...

— Non, je te le promets. Mais j'ai rencontré cette merveilleuse femme plus âgée dans notre groupe de flûte, et elle a une fille de ton âge, Levi.

Quand est-ce que cela cessera ? Son ingérence constante dans ma vie privée est épuisante. Croit-elle que je ne suis pas capable de trouver l'amour tout seul ? Le pire, c'est qu'elle ne fait pas ça à Connor.

— Ca suffit ! crié-je.

— Je voulais juste aider.

— Tu te mêles de tout, dis-je, en la pointant avec mes baguettes. Et tu t'arrêteras si tu veux revoir ta petite-fille avant son vingt-et-unième anniversaire.

Je suis reconnaissant quand le dîner est fini et que maman part enfin. Clare propose de prendre Amelia pour la faire se doucher et se préparer pour aller au lit. Non seulement c'est la nounou, mais je lui fais confiance. Sans parler du fait que j'ai besoin d'une pause.

Je suis épuisé par le travail, et m'occuper de ma mère a rendu ma soirée encore pire. Mais je ne suis pas prêt à dormir. Je ne suis pas du tout près d'aller au lit. Et comme un idiot, je prends une tasse et allume la machine à expresso.

— Du café à cette heure ?

La voix de Clare me fait sursauter.

— Tu essaies de ne pas dormir ? demande-t-elle.

Je regarde l'horloge. Il est presque minuit. Maman est partie il y a des heures, mais je me sens toujours décalé.

— Quelque chose comme ça, dis-je.

Est-ce que Clare dormait ?

Ça ferait de moi le seul à ne pas avoir dormi. Je ne dors pas plus de quelques heures par nuit. Je pourrais mettre ça sur le compte du décalage horaire, mais nous sommes rentrés il y a une semaine, et ça n'a rien à voir avec le décalage horaire et tout à voir avec la femme debout devant moi dans un grand T-shirt qui descend jusqu'à ses cuisses.

Elle a les cheveux en bataille et se frotte les yeux comme si elle venait de se réveiller.

— Migraine ? deviné-je, essayant de comprendre pourquoi elle a l'air à moitié décoiffée et sexy comme pas possible.

Mon sexe s'éveille.

Reste tranquille. Ce n'est pas le moment.

— Quelque chose comme ça.

Elle évite mon regard, lointaine et distraite. Ses yeux sont rouges, boursouflés.

A-t-elle pleuré ? La soirée a-t-elle été aussi horrible pour elle aussi ?

— Qu'est-ce qui ne va pas ? demandé-je, en grimaçant.

Si c'est à cause de moi, je ne pense pas pouvoir me le pardonner. Je sais que je lui ai fait du mal. Elle m'a blessé en retour. Si c'est à cause de ma mère, je peux m'excuser et lui promettre qu'elle n'aura plus jamais à faire face à cette femme misérable.

— Est-ce à cause de ma mère ?

— Quoi ? Bien sûr que non.

Elle essuie une larme qui coule sur sa joue.

— Ta mère est plutôt gentille.

— Ma mère joue les entremetteuses, ce n'est pas gentil.

Clare hausse les épaules.

— Elle veut juste ce qu'il y a de mieux pour son fils. Elle t'aime.

Une autre larme glisse sur sa joue.

— Qu'est-ce tu as ?

— C'est stupide, murmure-t-elle, et sa voix se brise alors que les larmes brillent dans ses yeux.

Elle croise les bras sur sa poitrine et essuie les larmes, mais elles continuent de couler.

Je veux la serrer dans mes bras, l'enlacer, la serrer contre moi et apaiser sa douleur. Mais ce n'est pas approprié si je ne suis rien de plus que son patron.

— Dis-moi. Celui qui t'a fait pleurer ne mérite pas tes larmes.

Je retiens momentanément mon souffle, espérant ne pas être la raison.

— C'est mon ex, dit Clare, et sa voix se brise alors que les larmes coulent sur ses joues.

Je baisse ma garde et la serre dans mes bras.

— Qu'est-ce qu'il a fait ?

Mon estomac se serre à la pensée que quelqu'un aurait pu faire du mal à Clare.

— Qu'est-ce qu'il n'a pas fait, plutôt, dit-elle en essuyant l'humidité de sa joue avant de lever les yeux vers moi. Il m'a appelée, laissé des messages sur mon téléphone, m'a envoyé des images inappropriées par SMS.

Mon sang bout, et mes mains se crispent en poings.

— Laisse-moi voir ton téléphone.

Elle traîne les pieds et me le tend depuis le comptoir de la cuisine. Je m'attends à voir des images obscènes ou quelque chose du genre, mais à la place, je me retrouve avec des menaces de mort, et il est clair qu'il la harcèle.

— Depuis combien de temps ?

— Quoi ? demande-t-elle, momentanément confuse.

Je parcours les images et les textos, essayant de déterminer quand cela a commencé. Était-ce après notre retour d'Europe ?

— Depuis combien de temps te menace-t-il ? demandé-je.

Pourquoi ne m'a-t-elle pas prévenu plus tôt ?

Clare soupire et s'appuie contre le comptoir.

— Je ne sais pas. Ça n'a jamais vraiment cessé. Désolée, j'aurais dû te prévenir. Je veux dire, vivre sous ton toit, ça te met toi et ta fille en danger.

— Nous avons une sécurité de premier ordre. Personne ne rentre sans que je le sache. Je suis inquiet pour toi, cependant. Tu as l'air de ne pas avoir dormi depuis notre retour de Paris.

— C'est probablement parce que je n'ai pas dormi, dit-elle, en baissant les yeux vers ses pieds, traînant ses orteils sur le sol. Les textos étaient moins fréquents, comme s'il ne savait pas où j'étais et peut-être qu'il s'en fichait. Dès que nous avons atterri, ils ont commencé à affluer à une vitesse record.

— Dès demain matin, nous allons changer ton numéro de téléphone.

Je parcours les images. La plupart sont de nature explicite, suggestives et menaçantes. Une image de ruban adhésif et de corde. Une corde pour se pendre.

Ce sont les images prises à l'extérieur de la maison qui me mettent sur les nerfs.

Il y a des photos du portail, à la fois en plein jour et à l'abri de la nuit.

— Il sait où nous habitons ?

Les images sont utilisées pour intimider Clare. J'ouvre les textos récents de son ex, et mon estomac se retourne.

Tu as toujours aimé quand c'était brutal. Est-ce que ton nouveau petit ami sait ce que tu m'as demandé de faire au lit ?

Clare n'a pas répondu à ses textos. Il y a photo après photo, puis un autre message.

Ce n'est que le début, bébé. Je prévois de te ligoter et de donner une leçon à toi et à cette petite garce.

— Dis-moi où il est, dis-je.

Mes mains sont en poings, la rage me submerge. Il me faut tout mon self-control pour ne pas exploser contre le mur ou partir en furie.

Je dois donner une leçon à ce salaud.

Personne ne s'en prend à ma famille.

J'enlève la batterie et la carte SIM.

Je sors mon téléphone de ma poche de veste. Je suis toujours habillé pour le travail même si je devrais me préparer pour aller au lit.

— Où vas-tu ? demande Clare en me suivant.

J'appelle Declan, un de mes amis de l'époque où nous avons tous deux servi dans l'armée. Il est à l'ouest, au Montana, travaillant pour une société de sécurité privée. S'il quelqu'un peut offrir des conseils et déterrer des informations sur ce crétin, c'est bien lui, et je lui fais confiance sans réserve.

Au moins, il est un peu plus tôt à Breckenridge.

— Allo ? répond Declan.

— J'ai besoin d'un service.

— Même pas un « allo, comment vas-tu ? »

Je grogne.

— Allo, comment vas-tu, Declan ?

Il rit, et il y a quelque chose dans son ton que je ne reconnais pas tout à fait. Est-ce que c'est du bonheur ?

— Je suis avec l'amour de ma vie. J'étais bien jusqu'à ce que tu m'appelles.

— L'amour de ta vie ? Tu t'es marié ?

Je ne savais pas qu'il était en couple.

— Ne vas pas mettre des idées dans la tête de Katie, dit Declan en riant.

Il y a du mouvement, et j'imagine qu'il se lève du lit et se dirige vers son bureau à domicile. Il en a un, n'est-ce pas ? Je ne suis pas allé chez lui depuis qu'il habitait au-dessus de son garage et possédait le seul atelier de réparation automobile de la ville.

Il a laissé ces jours derrière lui il y a des années, mais il possède toujours l'atelier, laissant quelqu'un d'autre le gérer.

— Katie, répété-je.

Le nom me semble familier.

— Attends. Est-ce que c'est cette fille de ta ville natale dont tu étais obsédé pendant que tu étais en formation ?

— Ferme-la !

J'ai clairement touché une corde sensible. Un sourire grandit sur mon visage.

— La raison pour laquelle je t'appelle, c'est que j'ai besoin d'un service. Mon assistante maternelle est harcelée par son ex.

— Nous sommes à quelques kilomètres trop loin pour aller lui casser la figure, dit Declan. Mais si tu veux nous envoyer ton jet privé, nous serions heureux de t'aider.

Je passe une main dans mes cheveux.

— Fais-moi confiance, l'idée m'a traversé l'esprit, mais Clare ne me dit pas où il habite.

Même si elle me donnait son adresse, menacer et tabasser le type, cela suffirait-il ? Il irait probablement se plaindre comme un bébé à la police et me faire arrêter pour agression.

— Que puis-je faire pour toi ? demande Declan.

Clare me regarde, observant le tout. Sa lèvre inférieure est tirée entre ses dents, mordant la peau jusqu'au sang. Je tends la main, passant mon pouce sur sa lèvre, essayant d'arrêter ce geste, ne voulant pas qu'elle se fasse mal.

—J 'ai besoin de tout ce que tu peux trouver sur ce type. Nous devons faire tomber ce mec, quoi qu'il en coûte.

— Il n'en a pas," dit Clare.

— Puis-je faire une suggestion ? demande Declan.

Avant que je puisse répondre, il émet déjà son idée.

— Tu pourrais lui offrir de l'argent pour qu'il parte. S'il embête la nounou, propose-lui une somme d'argent pour la laisser tranquille et quitter New York. Mets-le par écrit, et s'il revient un jour, tu pourras le menacer de le poursuivre pour rupture de contrat.

Est-ce que ça marcherait ?

— J'y réfléchirai. Mais en attendant, peux-tu faire cette enquête approfondie ?

— Envoie-moi les informations sur le gars. Plus détaillées, mieux c'est.

— Entendu.

Je raccroche, et Clare me donne son nom complet, sa date de naissance et son numéro de sécurité sociale. Si je savais qu'elle avait tout ça, j'aurais pu plaisanter avec Declan sur le fait de vendre les détails de ce crétin sur le marché noir.

— Zander, un vrai nom de connard, marmonné-je quand elle me donne son nom.

— Qui est Declan ? demande Clare.

Elle ouvre le réfrigérateur et prend une bouteille d'eau, en buvant une gorgée.

La machine à espresso était prête mais s'est maintenant arrêtée et est en mode veille. C'est ce que je devrais faire, dormir. Mais je la rallume et attends encore quelques minutes que le système chauffe.

— Un vieil ami militaire. Nous avons servi ensemble.

— Je ne savais pas que tu avais été dans l'armée, dit Clare. Dans quelle branche ?

— La marine.

Elle serre les lèvres, et il me faut toute ma volonté pour ne pas l'embrasser et lui faire oublier son odieux ex.

Juste la regarder fait tressaillir mon sexe, et je suis reconnaissant de ne pas être en caleçon, ce qui révélerait à quel point elle me met facilement en érection.

— Je suis désolée de ne pas avoir mentionné les textos plus tôt. Je pensais qu'après le divorce, il me laisserait tranquille. Surtout qu'il ne savait pas où j'habitais.

Je passe une main dans mes cheveux, essayant de rester calme.

— Il ne rentrera pas. Je suis plus inquiet pour Amelia à l'école et pendant que vous êtes toutes les deux dans la ville.

Peut-être qu'il y a du bon dans l'idée de laisser l'équipe de Tactique de l'Aigle lui rendre visite et tabasser ce salaud qui a menacé la nounou de ma fille.

Quelqu'un devrait rendre visite à cet enfoiré et lui montrer ce qui se passe quand on menace ma famille. Mais si je salis mes mains, ma fortune et ma réputation seront en jeu. Je dois silencieusement faire comprendre à l'ex de Clare qu'il est menacé, sans laisser de preuve qui pourrait me lier à lui.

Mais la suggestion de Declan n'est pas mauvaise. Lui proposer une somme d'argent pour qu'il quitte la ville, l'État et tout endroit proche de Clare pourrait être une autre solution. Et dans le pire des cas, elle n'aura jamais à connaître la vérité.

Il y a des hommes dans la ville qui s'occupent de ce genre de choses.

Des choses comme régler le cas d'ex menaçants et faire disparaître toutes les preuves.

Quelle autre option y a-t-il ?

La police ne fera rien avec une ordonnance restrictive. J'ai vu à quel point la protection est limitée.

En attendant, j'embaucherai des gardes supplémentaires pour surveiller les filles quand elles sont hors de la maison. J'ai déjà toute la maison sous vidéo surveillance et je suis alerté chaque fois que quelqu'un s'approche des lieux sécurisés.

— Je connais peut-être quelques moyens d'empêcher cet homme de t'ennuyer, dis-je.

Les yeux de Clare se rétrécissent.

— Promets-moi que tu ne vas pas aller lui casser la figure.

— Tu as entendu cette suggestion ? demandé-je, surpris qu'elle ait pu entendre la moitié de la conversation avec Declan.

L'espresso s'écoule dans la tasse, et je sirote la boisson chaude. Mon corps fond au goût et à la température. Ce n'est pas aussi bon que les lèvres de Clare contre les miennes, mais presque.

— Préférerais-tu que je fasse semblant de ne pas l'avoir entendue ?

Je ne lui réponds pas.

— Une amie à moi, son petit ami a proposé de faire disparaître mon ex, dit-elle. Il plaisantait sur le fait d'avoir une pelle dans le coffre.

— Ce plaisantin travaille-t-il pour la bratva ?

Je suppose que ce n'était pas une plaisanterie réelle mais une offre pour se débarrasser du mec.

— Je ne peux pas révéler tous mes secrets.

Elle porte à nouveau la bouteille d'eau à ses lèvres pour boire une gorgée.

— De l'espresso après minuit. Tu ne dors jamais ?

Je n'ai pas beaucoup dormi depuis mon retour à la maison.

— Ca ne sert à rien.

Surtout si cela signifie se retourner dans mon lit sans le corps chaud de Clare blotti contre le mien.

Une nuit avec elle a suffi pour me détruire.

Elle tend la main vers mon espresso, et je pense qu'elle va en prendre une gorgée, mais au lieu de cela, elle vide le reste dans l'évier et me tend sa bouteille d'eau.

— Bois.

J'essaie de lui rendre service, et elle doit aller rendre ma vie misérable. Pourquoi ?

— On dirait que tu n'as pas dormi depuis une semaine. Je vais te mettre au lit. S'occuper de Zander peut attendre demain matin.

Clare prend ma main et me conduit à l'étage, dans ma chambre.

— Ai-je besoin de te border ? demande-t-elle quand je ne mets pas un pied dans ma chambre.

Ce n'est pas là que je veux dormir, à moins qu'elle ne soit enroulée dans les draps à côté de moi. Mais nous avons convenu que nous sommes mieux en tant que patron et employée. Elle s'occupe bien d'Amelia, et je ne peux pas risquer de la perdre.

Au moins, de cette façon, je la vois tous les jours, même si je ne passe pas de temps avec elle, ne lui parle à peine, et dois abuser des douches froides.

— Depuis quand es-tu celle qui donne les ordres ?

Je la regarde droit dans les yeux. Je pose ma main sur le chambranle de la porte, mais je ne fais pas ce qu'elle veut.

— Eh bien, j'ai couché ta fille, dit Clare en haussant les épaules, et ses joues rougissent."Je suppose que ce n'est pas différent de coucher un homme adulte.

Je gémis à sa remarque.

— Vas-tu me border ? demandé-je, la voix rauque.

Je ne devrais pas être tenté de flirter avec elle. Cela s'est mal passé la dernière fois que nous sommes tombés dans le lit ensemble à Paris.

— Levi.

Son ton porte un avertissement sans détour, mais ses joues sont en feu.

Le T-shirt qui épouse son corps est trop long. J'aimerais pouvoir jeter un coup d'œil à sa culotte. Porte-t-elle celle en dentelle rouge qu'elle m'a accusé d'avoir volée ? Je donnerais cher pour laisser mes doigts glisser le long de la jonction de sa cuisse et remonter sur le tissu.

Elle serait mouillée pour moi.

Son sexe gonflé, et son clitoris suppliant d'être touché.

Je n'accepte pas son silence. Mes doigts guident son menton pour la faire me regarder, une main dans ses cheveux, rapprochant ses lèvres.

— Je te veux depuis cette stupide dispute, dis-je, à bout de souffle.

La tension monte et brûle. Elle tire sa lèvre inférieure entre ses dents.

— Vraiment ? Tu pourrais avoir n'importe quelle fille, Levi. Je ne crois pas que tu me veuilles.

— Crois-le, grogné-je en la serrant plus fort, la laissant sentir ma queue qui tend mon pantalon. Je te veux depuis le moment où tu étais dans ce soutien-gorge violet transparent et je n'ai jamais cessé de te désirer. Bon sang, je te voulais même avant cet incident.

— Quand j'ai failli te faire arrêter ? plaisante-t-elle.

Je ne souris pas, mais je lève un sourcil interrogateur.

— Non, depuis que tu as aidé à doucher Amelia et que tu t'es trempée dans le processus. Tu étais foutrement belle à ce moment-là, et tu es encore plus sexy maintenant que je connais la vraie toi.

— La vraie moi ? chuchote-t-elle.

— Tu te caches derrière tes insécurités, mais tu es magnifique, drôle, formidable avec Amelia et tu ferais n'importe quoi pour ma fille. Bon sang, je t'ai donné de l'argent pour que tu en profites toi-même, et tu l'as dépensé pour acheter des jouets et des livres pour la petite. Je ne connais personne d'autre qui aurait fait ça. Tu es généreuse et gentille, même si tu es têtue et que tu dois toujours avoir raison.

— Tes flatteries ne te mèneront nulle part, dit Clare en soupirant. Tu m'as blessée quand tu m'as accusée d'être une profiteuse.

Je n'ai pas utilisé ces mots exacts, mais c'était l'idée.

— Et je suis désolé.

Je le pense sincèrement.

— Je me ferai pardonner. Mais nous avons tous les deux nos torts. Tu as dit des mots horribles et blessants pendant le vol du retour.

— Oui, dit Clare, en regardant vers le bas, ses yeux sur mes lèvres. Je n'aurais pas dû dire ces choses-là. Elles n'étaient pas vraies. J'étais blessée et je voulais juste riposter. Ce n'était pas juste de ma part et pas équitable envers toi.

— Es-tu sûre qu'il n'y avait pas un petit brin de vérité ? demandé-je. Ce n'est pas grave si tu n'as pas trouvé que le sexe entre nous était orgasmique. Je veux dire, ça faisait un moment que je n'avais pas couché avec une femme.

— Je ne sais pas quoi te répondre à ça, chuchote Clare.

— Je ferai mieux.

Je passe tendrement mes lèvres contre les siennes.

— Si ce n'était pas bien, je lirai chaque livre, regarderai chaque film, suivrai chaque cours...

— Quoi ? Sûrement pas ! Tu ne feras rien de tout ça sans moi.

Ses bras s'enroulent autour de mon cou, me tirant près d'elle, nos lèvres proches mais pas tout à fait en train de s'embrasser.

Elle attend, et je suis à bout.

Je veux l'embrasser à en perdre haleine. Nous n'avons pas à nous précipiter au lit. Nous pouvons prendre les choses aussi lentement qu'elle le souhaite. Tant qu'elle est à moi.

Je couvre ses lèvres des miennes, durement et sauvagement, mes doigts dans ses cheveux, la poussant contre le bois dur de la porte.

Elle gémit, le son est délicieux. Elle a le goût du miel et de la vanille, et elle sent encore meilleur. Je veux la dévorer, la ravir jusqu'à ce que nous soyons tous les deux à bout de souffle.

Ses mains se crispent sur mes vêtements, essayant de défaire mon costume et de retirer ma chemise de mon pantalon.

Je saisis la poignée de la porte, l'ouvre, et la fais reculer dans ma chambre. Je retire ma veste et ma cravate, les posant sur une chaise à proximité. Ma chemise suit, pendant que Clare m'aide à retirer mon pantalon, ouvrant la boucle de la ceinture et ensuite ma fermeture éclair. Elle fait glisser le tissu vers le bas, et il tombe à mes pieds.

Je sors de mon pantalon et je ne suis vêtu que de mon caleçon

Elle observe le spectacle et inhale un souffle coupé quand je pousse mon caleçon vers le bas et le retire d'un coup de pied.

— À ton tour, dis-je en la serrant fort contre moi.

Mes doigts sont rudes et brûlants alors que je glisse sur son torse nu, retirant la chemise par-dessus sa tête. Ses seins sont la première chose que je vois, et elle est encore plus magnifique que la dernière fois que nous avons fait l'amour.

Mon regard parcourt son corps, et je tombe à genoux, au niveau de sa culotte en coton bleu. Je laisse une traînée de baisers chauds et doux sur son ventre et en descendant jusqu'à la jonction de ses cuisses, embrassant sa peau.

Je fais glisser sa culotte lentement et méthodiquement, ne lui donnant pas toute l'attention qu'elle désire là où elle en a le plus besoin. Je dépose de doux baisers sur ses cuisses, derrière ses genoux, et j'écoute ses respirations et ses halètements alors que je réveille ses désirs.

Ses doigts s'emmêlent dans mes cheveux, et je l'aide à sortir de sa culotte avant de la prendre dans mes bras et de la porter au lit.

Elle rit, et j'espère que ce qui la fait rire ne va pas gâcher l'ambiance.

CHAPITRE QUATORZE

CLARE

Je n'ai jamais connu un homme comme lui.

— Pose-moi, piaulé-je alors qu'il me porte jusqu'au lit, mais c'est trop tard.

Je suis déjà sur le matelas, et il ne semble pas le moins du monde essoufflé.

Levi se hisse au-dessus, me chevauchant, mais il prend son temps.

Ses yeux brillent, et c'est comme si un feu avait été allumé et que du carburant avait été jeté sur les braises brûlantes. La chaleur entre nous crépite, et je ne suis pas sûre de pouvoir supporter autant de provocations.

— As-tu utilisé ton vibromasseur récemment ? demande Levi, en souriant en me fixant.

Mon estomac fait un bond, et je prends une respiration saccadée.

Dois-je lui répondre honnêtement ou lui dire que je ne l'ai pas encore touché ?

Je mets trop de temps à répondre, et Levi me retourne avant que je comprenne ce qui se passe. Je suis sur le ventre, et il frotte sa grande paume sur mes fesses nues.

— Je vais te poser la question à nouveau, et cette fois, je m'attends à ce que tu répondes.

— Hmm.

Je regarde par-dessus mon épaule, et il se penche, me marquant, mordant mes fesses.

Je crie et gémis, réalisant que la sensation est une sorte de douleur agréable. C'est quelque chose que je n'ai jamais vécu auparavant.

Où diable a-t-il appris à faire ça ?

— Dois-je te fesser ? demande Levi en riant d'une voix rauque.

— Quoi ? Tu ferais ça ?

J'essaie de me retourner, mais il m'empêche de bouger et appuie son sexe entre mes cuisses. Son poids me piège, mais c'est tellement bon.

— Réponds à la question, ma chérie, chuchote-t-il à mon oreille, ses lèvres embrassant et suçant le lobe. Il sait exactement quoi faire pour que je me sente pleine de papillons.

— Oui, chuchoté-je, enfouissant mon visage dans l'oreiller.

— Et à qui pensais-tu quand tu pressais ce joli vibromasseur rose entre les lèvres de ta chatte ?

Je gémis. Le contact de son corps est écrasant et absolument coupable. Je ne me soucie plus qu'il soit mon patron. Nous allons faire en sorte que ça fonctionne, nous le devons, car je ne peux pas vivre sans eux deux dans ma vie.

Pas que je sois prête à l'admettre librement.

— À toi, monsieur, dis-je, me souvenant qu'il m'a déjà dit qu'il voulait qu'on l'appelle monsieur.

Je ne sais pas si c'est un fétiche ou non, mais il se frotte contre moi, satisfait de ma réponse.

Sa main caresse fermement mes fesses, et je ne suis pas sûre s'il va jouer avec moi, me taquiner, ou me donner ce que je veux désespérément, c'est-à-dire me libérer.

— Good girl, dit-il en me retournant.

Ma tête s'enfonce dans l'oreiller.

Levi pose ses lèvres contre les miennes, me goûtant avidement, sa langue poussant au-delà de mes lèvres pendant que ses doigts se déplacent le long de ma hanche et remontent mon ventre. Son toucher est troublant et lent, mémorisant chaque détail jusqu'à ce qu'il atteigne mon sein.

Il se recule sur le matelas, caressant mon sein, ses lèvres passant sur mon mamelon. Sa langue fait des merveilles, me rendant agitée sous lui.

Mes doigts touchent ses cheveux et descendent le long de son cou, amenant sa bouche à la mienne.

Je le veux.

— Ralentis, ordonne Levi avec un sourire malicieux.

Est-ce que cet homme aime jouer avec moi ? Mon cœur bat la chamade. Mon corps brûle, et il veut ralentir ?

Il guide ma jambe droite sur son épaule alors qu'il pose des baisers depuis l'arrière de mon genou, remontant le long de ma cuisse intérieure. Il monte lentement, ses lèvres traçant un chemin doux, sa langue à peine un souffle sur ma peau.

Est-ce une revanche pour ce que j'ai dit dans l'avion ?

Je le mérite.

Il peut me torturer jusqu'à la fin des temps, tant que je peux poursuivre mon orgasme avec lui.

— Putain, tu prends ton temps, marmonné-je entre mes dents serrées.

— Je savoure chaque centimètre de toi, dit Levi.

Ses yeux se verrouillent dans les miens et l'air est aspiré de mes poumons.

Il n'est pas seulement un voleur de culottes. Il est un voleur de cœurs et de souffles. Il guide ma jambe gauche sur son épaule, lui apportant la même attention.

— Savoure autre chose.

Il rit, visiblement satisfait de lui-même.

— C'est de ta faute, Clare. Tu as dit que je ne t'avais pas assez accordé d'attention la dernière fois.

Bordel.

Je grogne et couvre mon visage de ma main. Je n'aurais jamais pensé que le sexe avec Levi serait un tel supplice.

D'une main, il attrape mon poignet, le soulevant au-dessus de ma tête et le plaquant au matelas.

— Si je dois te maintenir, ça va être difficile de te lécher. Sois gentille.

— Oui, monsieur.

Mes entrailles fondent alors qu'il relâche sa prise sur mon poignet.

— Bien.

Il sourit, et une fossette que je n'avais jamais remarquée auparavant brille avant qu'il ne plonge en bas, embrassant mon centre.

Je brûle, sa langue fait des merveilles, faisant souffrir et palpiter mes entrailles. Mes doigts s'emmêlent dans ses cheveux, mes ongles grattant sa peau alors qu'il me rapproche du précipice. Je veux Levi, chaque centimètre de lui, niché en moi.

Ma respiration devient haletante alors que mon cœur cogne contre ma cage thoracique. Des étoiles alignent ma vision et scintillent tout autour de moi.

Je tire sur les draps entre mes poings, mes orteils se recroquevillent, se resserrent et tremblent dans son étreinte.

Il ne ralentit pas. Il ne s'arrête pas, sachant exactement ce dont j'ai besoin.

Quand je redescends enfin, il bouge sur le matelas et ouvre la table de chevet, attrapant un préservatif.

Il est dur et luisant. Je l'ai à peine touché.

— À mon tour, dis-je en tirant sur son bras, essayant de le traîner vers le bord du lit pendant que j'ai l'intention de me mettre à quatre pattes.

Un gémissement guttural et bas émane du fond de sa gorge alors que je lèche sa verge, ma langue tournant autour de son gland avant que je le prenne dans ma bouche.

Je le suce, l'amenant plus profondément pendant que mes doigts jouent avec ses testicules. Je le regarde dans les yeux alors qu'il peine à se concentrer.

— Chérie, si tu continues comme ça... grogne-t-il, ne finissant pas sa phrase.

Il attrape mon bras et tire pour que je m'arrête.

Je le libère avec un gémissement, et il couvre mes lèvres avec les siennes.

— Mon dieu, tu es parfaite. Maintenant, remets-toi sur le lit, cette fois à quatre pattes.

Il claque mon postérieur quand je monte sur le matelas, et mes fesses se contractent.

— Je te préviens, Levi, si tu me mets quoi que ce soit dans le derrière, tu vas le regretter.

Il rit.

— Peut-être pour la prochaine fois.

Ses mots "prochaine fois" font battre mon cœur encore plus fort. Il veut qu'il y ait une prochaine fois. Ma tête est dans le brouillard. Je remue mon derrière vers lui et regarde par-dessus mon épaule alors qu'il ouvre le préservatif et le déroule sur son sexe.

— Tu ferais bien de te tenir au lit, dit-il.

J'attrape les barreaux et gémis alors que Levi enfonce son sexe en moi. Ma tête pend en avant, haletant pour respirer alors qu'il me remplit.

— Je ne suis même pas à moitié en toi, chérie. Tu es tellement serrée.

Ma chatte pulse alors qu'il me remplit, m'écartant alors qu'il commence lentement à bouger. Mes mains saisissent la barre en bois, et il commence doucement à se retirer avant de me pénétrer complètement violemment.

Je gémis, l'intensité est écrasante de la meilleure façon possible.

— Tu aimes ça ? demande-t-il, sa voix rauque et épaisse, emplie d'excitation.

— Oui.

— Oui, quoi ? demande-t-il.

— Oui, monsieur.

— Bien, dit-il, et je fonds.

Mon cœur gonfle, et ma chatte tremble contre son sexe.

Son esprit est-il aussi haut dans les nuages que le mien ? Planant et ne voulant jamais redescendre.

Je crois que je viens de découvrir l'un des fétiches de Levi, être appelé monsieur, et j'adore ça. C'est peut-être aussi l'un des miens. Peut-être que c'est parce que c'est mon patron.

Il enfonce son sexe profondément en moi, poussant avec une intensité féroce qui me fait m'agripper à la tête de lit en espérant qu'elle ne casse pas.

Mes entrailles tremblent et frissonnent. Levi doit sentir que je m'approche de l'orgasme. D'une main, il se faufile entre nous, caressant et taquinant mon clitoris.

— Dis-moi, as-tu utilisé ce vibromasseur et pensé à moi cette semaine ? demande Levi.

Je jure que son souffle contre mon cou et ses doigts sur mon clitoris sont ma perte absolue.

— Oui !

A-t-il entendu le bourdonnement aigu quand il était de l'autre côté du couloir ?

Il claque ma chatte et je gémis.

— C'est moi qui te donnerai des orgasmes à partir de maintenant, déclare-t-il.

Je souris et mords ma lèvre inférieure.

— C'est tout ? provoqué-je, le regardant par-dessus mon épaule.

— Clare, grogne-t-il en sortant.

Je gémis de protestation, et il me retourne sur le dos avant de me prendre de nouveau, enfonçant son sexe en moi. Enroulant mes jambes autour de lui, je le garde contre moi, mes ongles traînant sur son dos.

— Tu ne peux pas me contrôler, dis-je, le fixant, nos regards se croisant.

— Juste tes orgasmes, précise-t-il comme si c'était mieux.

Levi ne connaît pas les dommages à ma psyché et à mon cœur causés par Zander, et ce n'est pas une histoire à raconter au milieu du sexe le plus gratifiant jamais ressenti.

Ne jamais être autorisée à voir vos amis, votre famille, ou avoir une vie en dehors de cette personne que vous avez épousée. Toujours être gardée sous clé. Jamais libre.

Je ne réponds pas, et il plaque mes bras au-dessus de ma tête.

— Regarde-moi, ordonne-t-il en continuant à pousser, ses hanches gyrant contre les miennes.

Des perles de sueur se forment sur mon front. Je halète pour respirer. C'est un combat de fixer son regard bleu perçant alors que ma chatte tremble et se contracte autour de lui.

Mes jambes se resserrent autour de lui comme un étau, refusant de le laisser partir. Je tremble et halète, mon dos se cambrant alors qu'il entrelace nos doigts ensemble. Mes mains serrent les siennes, mes orteils se recroquevillent alors que mon cœur bat contre ma cage thoracique, essayant de se libérer.

Haletant pour respirer, Levi est là avec moi. Un, deux, trois mouvements de plus, et il se répand avant de se retirer, enlevant le préservatif.

J'essaie de reprendre mon souffle, en glissant sous les couvertures.

Il allume la lumière de la salle de bains. C'est trop lumineux et éblouissant. Je ferme les yeux et remonte la couverture sur mon visage pour cacher toute trace de lumière.

Le lit s'affaisse, et Levi se glisse à mes côtés. Il me serre dans ses bras alors que je m'endors.

Le soleil vole mon sommeil, me réveillant alors que j'essaie de me retourner, mais la prise de Levi se resserre autour de ma taille.

— Pas encore, murmure-t-il.

J'ouvre les yeux péniblement et jette un coup d'œil au réveil.

— Je dois préparer Amelia pour l'école

Levi grogne et me bascule sur le dos, me maintenant sous lui.

— Je lui écrirai un mot. Elle sera excusée.

Souriant, je me redresse et l'embrasse.

— Je ne pense pas que ça marche comme ça. Et puis, que vas-tu écrire ? Désolé, ma fille n'a pas pu venir à l'école à l'heure parce que je m'amusais avec sa nounou.

Levi rit et presse sa bouche fermement contre la mienne.

— Tu n'es pas seulement la nounou, pas à mes yeux. En plus, j'aime ton audace. T'ai-je déjà dit ça ? La plupart des gens auraient peur de me parler comme tu le fais.

Je hausse les épaules, ne voyant pas pourquoi. Est-ce parce qu'ils sont intimidés par le fait qu'il soit milliardaire ? Ce n'est que de l'argent.

— Je n'ai rien à perdre, dis-je.

Son regard se resserre.

— C'est là que tu te trompes, dit-il en pressant ses lèvres contre mon cou, traçant un chemin vers le bas.

Levi a raison. Il me manquerait.

— Je ne m'inquiète pas. Tu ne me laisseras pas démissionner.

Les petits pas doux d'Amelia résonnent dans le couloir.

— La petite tyranne est réveillée, plaisante Levi en se levant. Je suppose que le moment de jeu est terminé.

Je gémis, regrettant déjà son corps fort et chaud qui me recouvrait.

— Ce soir ? demandé-je, espérant que nous puissions faire de cela une habitude régulière entre nous deux.

Levi sort du lit et ouvre la commode, enfilant un caleçon. Il me lance un t-shirt.

— Au cas où elle débarquerait dans la chambre ; je ne me souviens plus si j'ai verrouillé la porte.

Mes yeux s'élargissent, et j'attrape le t-shirt, le glissant juste à temps alors qu'Amelia entre dans la chambre en rebondissant, ignorant le fait que je suis dans le lit de Levi et ce que cela signifie.

— Viens ici, petite princesse.

Levi prend Amelia dans ses bras et la chatouille.

— Je veux te dire un secret.

— Un secret ?

J'ai l'impression que ce secret me concerne, probablement parce qu'ils me regardent tous les deux avec étonnement quand il chuchote un peu trop fort à son oreille.

— Tu te souviens quand tu m'as demandé si j'aimais Clare ?

Mes yeux s'élargissent, et je n'arrive pas à croire ce que j'entends.

— Tu chuchotes vraiment fort, dis-je.

S'il ne veut pas que je sache ce qu'il dit, il ne devrait probablement pas le dire devant moi à sa fille. Ou même le lui dire du tout.

Il penche la tête, un sourire en coin.

— Je t'aime, Clare.

Mon cœur bat la chamade dans ma poitrine. Comment peut-il savoir qu'il m'aime ?

— Tu me connais à peine.

Je rejette ses mots. N'aurions-nous pas dû nous le dire mutuellement en premier, avant d'impliquer sa fille ?

Mon estomac se tord.

— Je t'aime aussi.

Je lâche les mots avant de m'en rendre compte, un peu surprise par la révélation.

— Est-ce que ça veut dire que tu vas être ma nouvelle maman ? demande Amelia, me regardant avec un sourire en coin. Je n'ai jamais eu de maman et de papa.

Levi se met à chatouiller Amelia alors qu'elle éclate de rire.

— Calme-toi, gamine. On ne se marie pas encore.

— Se marier ?

Les mots s'échappent de mes lèvres. Je n'ai jamais voulu me remarier, pas après ce qui s'est passé avec Z. Le divorce est récent.

La pièce semble tourner, et je m'assois au bord du matelas.

Levi laisse Amelia partir alors qu'elle crie et rit.

— Peut-on mettre cette idée de côté pour un moment ? demandé-je.

A en juger par le froncement de sourcils de Levi, il sent mon hésitation. Il doit savoir que ce n'est pas à cause de lui. C'est à cause de mon passé. Mon ex.

— Bien sûr, dit-il en se penchant, déposant un doux baiser sur mes lèvres.

Amelia nous fixe avant de froncer le nez.

— Beurk, les garçons sont dégoûtants.

— Tu as raison ma chérie, dit Levi avec un sourire. Pas de copain avant trente ans.

Je ris doucement, et Amelia grimpe sur mes genoux comme un petit singe, voulant jouer.

— Et si je la préparais pour l'école ? Douglas la conduira, et je veux lui parler de Z.

— Z ? demande Amelia.

Levi aurait dû choisir un meilleur nom de code, mais au moins elle ne sait pas qui est Zander.

— Ne devrais-tu pas aller au travail ? demandé-je.

Ce n'est pas son travail de s'occuper de l'école de son enfant. C'est pourquoi je suis la nounou d'Amelia.

— Cela peut attendre, dit-il avec un sourire. Reste là. Donne-nous vingt minutes.

Levi presse Amelia hors de sa chambre et referme la porte derrière lui.

Je m'assois et atteins la table de chevet, l'ouvrant, curieuse de ce qu'il y a dedans. Une boîte de préservatifs, un bloc-notes vierge et deux stylos noirs. Les préservatifs ne sont pas vraiment une surprise.

Il y a du mouvement de l'autre côté de la porte, et je m'arrête près de la commode de Levi. Il est probablement en train de l'envoyer dans sa chambre pour s'habiller avant de la conduire en bas pour son trajet.

Je fouille dans sa commode. Il n'y a rien d'excitant. Je prends un caleçon et l'enfile avant de sortir de la chambre.

Levi est en bas, la porte d'entrée ouverte. Il y a de l'agitation dehors. Il prévient probablement Douglas de faire attention à mon ex-mari. Même si Douglas ne saura pas à quoi il ressemble à moins de le chercher sur Internet.

Quelques minutes plus tard, Levi entre et lève les yeux alors que je me tiens en haut des escaliers.

— Tu es très sexy, Voleuse de Caleçons, plaisante-t-il.

— C'est plutôt Voleuse de Boxers.

Je montre le tissu à carreaux du doigt et remue les hanches pour insister. Il est doux et très confortable. Les porte-t-il pour dormir ?

Il monte les escaliers d'un pas déterminé et me poursuit alors que je cours dans le couloir. Je ne sais pas du tout où je vais. Sa maison est immense, et il ne m'a pas tout fait visiter.

Je jette un coup d'œil par-dessus mon épaule et ce bref instant lui permet de me rattraper. Il me saisit par les hanches et me jette sur son épaule.

— Pose-moi ! Tu vas me faire faire une crise cardiaque.

Pourquoi faut-il que ce type prouve qu'il peut me porter ?

Il me claque les fesses et me ramène dans sa chambre, ouvrant la porte. Il me jette sur le lit.

Le rire jaillit de mes lèvres.

— Tu es foutue, grogne-t-il en se penchant pour couvrir mon corps du sien.

— J'aime ça, dis-je avec un sourire en coin alors qu'il m'embrasse.

Ma bouche s'ouvre et je me détends sur le lit, ne voulant pas qu'il parte. Il est toujours en caleçon et ne porte rien d'autre.

Mes doigts touchent sa taille, voulant le débarrasser de ses vêtements.

Levi rit et se retire après une séance de baisers intense.

— Nous avons une journée chargée devant nous. J'ai besoin que tu fasses quelque chose pour moi.

— Bien sûr, tout ce que tu veux, dis-je, regardant Levi d'un air brûlant.

— Reste habillée comme ça toute la journée.

— Tu plaisantes ?

Je ris, mes joues brûlent.

Il secoue la tête.

— Tu es sacrément sexy, et cela me fera quitter le travail plus tôt, dit-il en tirant le t-shirt qu'il m'avait prêté par-dessus ma tête et en le jetant dans la pièce.

— Et quand Amelia rentrera à la maison ?

Est-il fou ? A-t-il perdu la tête ? Il n'a pas assez dormi.

— Je suppose que je vais devoir la devancer.

Il dépose un baiser sur mes lèvres et recule en gémissant.

— J'ai envie de t'embrasser mille fois de plus, mais si je le fais, je ne partirai jamais.

— Alors reste, dis-je, enroulant mes bras autour de son cou, l'attirant plus près de moi. Je ne vois pas le problème.

Il rit et presse ses lèvres fort contre les miennes.

— Clare, si je pouvais rester au lit toute la journée avec toi, je le ferais. Je dois m'assurer que toi et Amelia êtes en sécurité.

Mon corps se tend à ses mots.

— Zander.

Levi hoche la tête et descend du lit.

— Tu viens ? demande-t-il, un sourire malicieux aux lèvres.

CHAPITRE QUINZE

Levi

Alors que j'ai embauché Declan pour effectuer une enquête approfondie sur Zander Mitchell, j'ai également renforcé les mesures de sécurité avec mon équipe de sécurité privée.

En outre, Douglas, mon chauffeur, est avec Amelia toute la journée. Il a pour consigne de garder un œil sur l'école pour s'assurer que Zander ne se montre pas.

Douglas est un ancien militaire et a reçu une formation spéciale en opérations spéciales. C'est pourquoi c'est mon chauffeur. Cela peut sembler en dessous de ses compétences, mais il est responsable de ma sécurité, de ma protection lorsque je sors et il a des compétences incroyables en cas de poursuite à haute vitesse.

Je le paie grassement pour son service et bien que la plupart sachent qu'il est mon chauffeur, très peu sont au courant de sa formation en combat et en opérations spéciales.

C'est plus sûr de cette façon, pour le protéger lui et sa famille. Il a une femme et des enfants.

Si quelque chose arrivait à Douglas, sa femme, Maria, me ferait tuer.

Je contacte mon équipe de sécurité et Declan, récupérant toutes les informations possibles sur Zander. Il n'y a pas grand-chose d'intriguant. Pas d'antécédents. Pas de mandat d'arrêt. Dommage. Le type est clean. Son compte en banque est relativement faible, et les dépôts entrants ne sont pas très importants. Une belle rentrée d'argent de ma part et exiger qu'il quitte la ville pourrait fonctionner.

Mais ce n'est pas ce que j'ai l'intention de faire. C'est simplement une ruse. Il n'y a qu'une personne en qui j'ai confiance pour m'aider dans cette tâche, et c'est Logan Henderson. Nous avons servi ensemble dans l'armée. C'est plus qu'un frère pour moi que mon propre frère de sang, Connor.

J'insiste pour que Logan me rencontre. Je me présente chez lui, c'est le seul endroit, à part chez moi, où je peux être sûr d'être en sécurité.

Il est en train de faire ses valises. Sa maison est remplie de cartons du sol au plafond. Récemment divorcé après que son ex-femme lui ait brisé le cœur. Je n'ai jamais aimé Jess.

Au moins, il n'a pas eu une bataille acharnée pour la garde de Julianna, sa fille.

— Salut, Levi !

Julianna me fait signe alors qu'elle pousse la porte de sa chambre dans le couloir.

Je n'arrive pas à imaginer ma petite fille devenir une adolescente. Chaque jour, je me sens plus vieux, et je n'ai même pas encore regardé dans le miroir.

— Salut, Jules. Impatiente pour le déménagement ? demandé-je, espérant qu'elle attend avec impatience un nouveau départ avec son père.

— Ouais, mais j'ai tellement de choses à faire. Pfff

Elle marche à grands pas dans sa chambre, non pas d'une manière en colère, plutôt comme si elle devait faire des choses et qu'elle n'avait pas assez de temps.

Ils sont à quelques jours du grand déménagement. Logan a déjà finalisé l'achat de la station de ski.

— J'ai besoin d'un service, dis-je, attendant que sa fille disparaisse à nouveau, ce qu'elle fait.

Elle ne veut pas rester avec nous, les "vieux".

Je ne suis pas ravi de tenir cette conversation près de Julianna et je ne cesse de regarder dans le couloir pour m'assurer qu'elle n'écoute pas.

— Veux-tu que je lui dise de mettre la musique à fond ou quelque chose comme ça ? demande Logan.

Il sent mon changement d'humeur et roule des yeux, se levant. Il se dirige vers le couloir et lui dit de mettre le tourne-disque en route et de monter le son.

Quand Logan revient au salon, la musique est bien plus forte que nécessaire.

Julianna ne pourra pas nous entendre. Je ne suis même pas sûr de m'entendre parler.

— Aide-moi à faire les valises, dit Logan. Sois utile.

Il me guide dans la cuisine et ouvre les placards.

Je prends une feuille de papier journal et roule les verres un par un.

— Tu sais qu'ils embauchent des déménageurs pour ça ?

Logan peut se permettre d'embaucher une équipe entière de déménageurs. Mais ce n'est pas comme ça qu'il fonctionne. Il aime être actif. Probablement un peu maniaque du contrôle, maintenant que j'y pense. Mais il aurait pu se permettre des déménageurs. Il a presque autant d'argent que moi.

Du moins, c'était le cas jusqu'à ce qu'il achète récemment une station de ski. Il déménage là-bas pour gérer l'installation et changer de rythme par rapport à New York. Je ne le blâme pas.

Surtout après ce que je suis sur le point de lui demander de faire.

— J'ai besoin d'aide pour neutraliser une menace.

— Et tu as pensé à moi comme première ligne de défense ?

Logan sourit, et quand il réalise que je ne plaisante pas, le sourire disparaît de son visage.

— J'ai une famille maintenant.

Il a été la première personne à qui j'ai parlé d'Amelia. C'était quelques minutes après avoir reçu l'appel de l'avocat. J'étais encore sous le choc, et Logan était la seule personne en qui je pouvais avoir confiance.

Il est lui-même devenu père célibataire récemment, il pouvait donc comprendre. Il m'a secoué pour que je me bouge et que j'aille à Chicago chercher Amelia, parce que si je ne le faisais pas, elle serait placée en famille d'accueil.

J'avais une chance de faire les choses correctement. De changer sa vie.

Je n'étais pas là depuis le début parce que je ne savais pas qu'elle existait. Mais maintenant que je le savais, j'avais besoin de changer ce que sa vie allait devenir.

Et il avait cent pour cent raison.

Mais la vie d'Amelia est une fois de plus en danger. Et celle de Clare aussi.

— Il a menacé ma fille et la nounou.

Clare est bien plus qu'une simple nounou pour moi, mais Logan ne comprendrait pas cela, surtout après ce que Jess lui a fait. C'est encore frais dans son esprit. Ce que je lui demande, il peut le comprendre en tant que père.

Il s'arrête, réfléchissant. Il sait que je ne viendrais pas à lui avec cela à moins que ce ne soit le dernier recours.

— Tu es sûr ? On ne peut pas revenir en arrière une fois que l'appel est passé.

J'hésite, et il ressent mes préoccupations.

— Laisse-moi passer quelques coups de fil. Voyons si nous pouvons trouver un moyen différent de neutraliser la menace avec des mesures moins drastiques. J'organiserai ce qui doit être fait. Donne-moi les détails. Et nous n'en parlerons plus jamais.

Je sors dehors, l'air étouffant alors que je quitte la maison de Logan. J'espère qu'il a raison. Qu'il y a une autre solution. Mais quoi qu'il en soit, ce secret, je n'ai pas d'autre choix que de le garder pour moi, de le cacher à Clare.

Comment pourrais-je ne pas être un monstre avec ce que je lui ai demandé ? Quel autre choix reste-t-il quand il n'y a pas de bonnes options ?

Je contacte mon avocat d'entreprise et lui demande de rédiger les documents avec une offre pour Zander.

Je me dirige vers mon bureau au bureau et envoie un SMS à Clare sur son nouveau téléphone avec un nouveau numéro.

Que portes-tu ?

J'imagine qu'elle sourit en lisant le SMS.

Puis-je te parler ? C'est important.

Sans attendre de réponse, je clique sur son contact et appuie sur le bouton d'appel. J'aurais peut-être dû opter pour un appel vidéo.

— Salut, quoi de neuf ? demande Clare.

On peut entendre une pointe d'inquiétude dans sa voix.

— Rien de grave. Je voulais te soumettre une idée.

— Vas-y.

Je souris et me penche en arrière sur ma chaise en cuir.

— J'ai parlé avec Declan et l'équipe de Tactique de l'Aigle. Il n'y a rien de compromettant sur Zander.

— Je ne pensais pas qu'il y aurait quoi que ce soit. Il fait plus de dégâts émotionnels que physiques, dit Clare. C'est un narcissique typique.

Mon estomac se serre à sa remarque.

— Nous avons fait quelques recherches, et il semble clairement qu'il soit très tendu financièrement, vivant de petits boulots.

— Comme tout le monde, non ?

Un silence pesant règne à l'autre bout de la ligne.

— Désolée, je voulais dire que, ouais, son travail à lui est à peine de quoi payer les factures. Quand il m'a fait quitter le mien, il était difficile de payer les factures. Quelle est ta suggestion ?

— Nous établissons un contrat avec mon avocat et nous offrons de payer à Zander pour qu'il s'en aille.

— S'en aller ? demande Clare. Je ne comprends pas. Où va-t-il aller ?

— Et il ne te dérangera plus jamais, dis-je.

Je ne peux pas lui dire la vérité. C'est un secret qu'elle ne doit jamais connaître, parce que je ne sais pas ce que cela pourrait lui faire, à elle ou à nous.

Je dois la protéger, elle et ma fille.

— Et tu crois vraiment que ça marchera ? demande-t-elle. Il devra déménager. Son travail et son appartement sont en ville.

— C'est pour ça que je t'appelle, dis-je. Si je lui offrais un million de dollars, penses-tu qu'il l'accepterait ?

Clare expire un souffle lourd.

— Je sais que moi, j'accepterais.

Mes sourcils se froncent à sa remarque. Je n'aime pas entendre que pour un million de dollars, elle nous laisserait Amelia et moi derrière.

— Tu prendrais un million de dollars et ne me reverrais jamais ?

Je ne devrais pas aller dans cette direction. Je devrais abandonner la question avant qu'elle ne dérape.

— Je... C'est beaucoup d'argent, Levi. Je ne pense pas que tu réalises à quel point c'est énorme, ce que je pourrais faire avec un million de dollars.

J'expire un souffle lourd et grimace.

— Wow.

Ce n'est pas le moment de commencer une dispute.

— Tu sais que n'importe quelle somme d'argent ne serait pas suffisante pour m'éloigner de ta fille.

— C'est du harcèlement, la taquiné-je.

— Plus j'y réfléchis, plus je pense que Zander acceptera tes conditions. Mais tu devrais spécifier clairement les conséquences s'il enfreint les règles.

— Bien sûr, dis-je. Mon avocat s'occupera de tout. Je voulais juste te consulter avant d'envoyer la lettre.

— Puis-je voir ce que vous rédigez avant de l'envoyer ? demande Clare.

— Bien sûr.

Je termine au bureau, imprime une version papier du contrat que mon avocat a rédigé et le glisse dans une chemise cartonnée beige. Je la mets dans ma mallette avec une douzaine d'autres dossiers que mon assistante m'a laissés pour que je les examine.

Je ne devancerai pas Amelia à la maison. C'est une tâche quasi impossible. Elle sort de l'école à midi. Il est presque dix-sept heures. La journée a filé et j'ai hâte de passer cette soirée avec Clare, enlacé dans mes bras.

Douglas vient me chercher au bureau.

— Des nouvelles ? demandé-je.

— Aucun signe du harceleur, dit Douglas. J'ai une équipe de sécurité qui surveille votre maison. Combien de temps pensez-vous qu'il va poser problème ?

— Pas longtemps. Mon avocat et moi avons un plan solide pour le tenir éloigné des filles.

Même Douglas ne peut pas savoir ce que j'ai prévu.

Il acquiesce.

— J'espère que ce que vous avez prévu fonctionnera.

Je souris et me détends à l'arrière.

Je souris encore plus lorsque nous passons le portail de la propriété. Je prends la chemise cartonnée avec moi dans la maison.

Des rires et des gloussements émanent de la cuisine.

August se tient à l'entrée de la cuisine. Il est hautement recommandé et a beaucoup travaillé à l'étranger avec Douglas. Il m'adresse un signe de tête sec, son attention portée sur les lieux pour s'assurer que mes chéries sont en sécurité.

Clare et Amelia cuisinent ensemble le dîner, chacune portant un tablier. C'est tout simplement adorable.

Je pourrais m'habituer à ce que Clare soit ici, et pas seulement en tant que nounou.

— Hey, tu es rentré ! dit Clare avec un sourire et de grands yeux.

Elle défait le tablier et le tire par-dessus sa tête.

Mes yeux glissent sur son corps. C'est dommage qu'elle ne porte plus mon caleçon, mais elle porte mon tee-shirt et son legging noir.

Tout chez Clare est incroyablement sexy. Comment fait-elle ?

Nous mangeons en famille et faisons la vaisselle. Ensuite, Clare traîne dans la salle de bains pendant qu'Amelia prend sa douche et se prépare pour le coucher. Je lis une histoire à ma petite fille et la borde, avant d'éteindre les lumières.

— C'est juste nous deux maintenant, dit Clare, me scrutant de haut en bas avec un sourire malicieux.

— August est en bas.

Je lui rappelle que nous avons de la compagnie. Cependant, ce n'est pas comme s'il était un invité. Il est là pour affaires, et tous ceux qui travaillent pour moi signent toujours une clause de confidentialité.

— En plus, je voulais que tu regardes le document que l'avocat a rédigé. Dis-moi ce que tu en penses honnêtement.

— Tu t'inquiètes que je ne sois pas honnête ?

— Jamais, dis-je, en prenant sa main et en la guidant en bas.

Je saisis ma mallette et la pile de dossiers, les emmenant dans le bureau. J'allume la lumière et dépose la pile de fichiers sur ceux déjà sur mon bureau.

— Tu as ramené beaucoup de travail.

— Ce n'est pas beaucoup, juste des trucs que Nancy veut que je vérifie.

— Nancy est...

Elle s'arrête.

— Mon assistante. Tu es jalouse ?

Un sourire tire le coin de mes lèvres.

— Non.

Elle croise les bras sur sa poitrine, sa lèvre inférieure faisant la moue de manière sexy.

— As-tu déjà fait l'amour dans ton bureau ? demande Clare avant de grimacer. Attends, je ne suis pas sûre de vouloir connaître la réponse.

— Jamais avec une employée.

Je la regarde de haut en bas. Est-ce qu'elle suggère ce que je pense ?

Elle fait tomber les dossiers de mon bureau et les feuilles volent de manière désordonnée partout.

Je grogne et me précipite pour ramasser le désordre. Je ne suis même pas sûr de ce qu'il y avait dans les chemises et à quel point elles seront difficiles à réorganiser. Nancy va me tuer demain quand je lui rendrai les dossiers complètement désordonnés avec les mauvais documents dans les mauvaises chemises. Et si je lui dis pourquoi, je suis foutu.

Je suis penché, attrapant les papiers et essayant de ranger ce que je peux, remettant en ordre les pages qui sont encore à moitié triées et dépassent de leurs chemises.

Clare se baisse pour aider.

— Désolée.

Sa voix s'éteint alors qu'elle saisit une feuille sortie de son dossier.

— Tu cherches toujours une nouvelle nounou ?

— Je gardais mes options ouvertes au cas où tu déciderais de démissionner. Mais je ne veux pas d'une nouvelle nounou pour Amelia. Je te veux toi.

— Pour Amelia, dit-elle.

— Eh bien, oui, je ne veux pas que tu sois ma nounou.

Je souris et la tire sur ses pieds, oubliant les dossiers un instant.

— Je t'aime vraiment, Clare.

Ses joues rougissent.

Comment pourrais-je ne pas l'aimer ? Ma fille ne cesse de parler de Clare et de comment elle est la meilleure nounou et sa personne préférée au monde entier. Bien sûr, à l'exception de sa mère, qui lui manque. Parfois, j'ai l'impression qu'Amelia préfère même Clare à moi. En même temps, elle passe davantage de temps avec elle.

Je passe mes bras autour de sa taille, la serrant dans mes bras.

— Je te promets, mon intérêt pour embaucher une autre nounou est nul. Mais tu m'as dit que tu présentais ta démission pendant le vol de retour.

— Et tu n'as pas accepté.

— Cela ne signifie pas que tu ne peux pas t'enfuir.

— Tu penses vraiment que je ferais ça ? demande-t-elle en me regardant.

Je caresse sa joue.

— J'espère que non, mais nous apprenons encore beaucoup l'un sur l'autre.

Nous ne sommes ensemble que depuis quelques semaines. Tout est encore nouveau.

— C'est vrai.

— Ce qui me rappelle que je ne t'ai pas encore payée pour tes services.

Elle se retire hors de ma portée.

— Quoi ? J'ai une merveilleuse maison pour vivre et plein de nourriture. Je n'ai pas besoin d'autre chose.

— Eh bien, si j'embauchais l'une de ces autres nounous, dis-je en désignant le sol en marbre et les dizaines de pages éparpillées couvrant nos pieds. Je devrais leur verser un salaire. Et étant donné que je suis sur le point de faire une offre généreuse à ton ex-mari, le moins que je puisse faire est de te payer convenablement.

Ses yeux s'écarquillent et sa bouche se ferme. Elle serre ses lèvres ensemble.

— Je ne sais pas quoi dire.

— Que dirais-tu de deux cent mille par an ? demandé-je. Et ce n'est que pour toi. Tout ce que tu dépenseras pour Amelia te sera remboursé.

— C'est trop, dit Clare. Je ne... tu ne devrais pas me payer.

Elle s'échappe de mon emprise, croisant les bras de manière défensive sur sa poitrine. Son front est serré, plissé. Elle a l'air troublée.

Ai-je dit ou fait quelque chose de mal ?

— Pourquoi pas ?

— Nous couchons ensemble, Levi. Je me sens comme une prostituée.

Je m'approche, attrape sa main et la tire vers moi.

— Nous arrêterons de coucher ensemble si cela résout ce problème.

— Tu sais que ça ne résoudra rien, dit-elle, en regardant nos mains entrelacées. Deux fois, nous nous sommes retrouvés au lit ensemble. Cela semble plutôt inévitable.

Il y a un léger sourire sur son visage comme si elle ne voulait pas renoncer à cette partie, et apparemment, elle préférerait rendre l'argent plutôt que de mettre fin à ce que nous explorons.

— Mais ce que tu proposes est beaucoup trop, insiste-t-elle.

— Préférerais-tu que je te paie la moitié ?

Je n'arrive pas à croire qu'elle argumente et essaie de me convaincre de lui donner un salaire plus que juste. Cela n'a rien à voir avec le fait que nous couchons ensemble.

— Non, je...

Elle s'arrête, tirant sa lèvre inférieure entre ses dents.

Je me penche en avant, l'embrasse, l'obligeant à arrêter le geste, et elle se détend sous mon toucher.

— Je te veux, Clare. Je te veux dans la vie d'Amelia. Je te veux dans ma vie. Et je veux te payer ce que tu vaux. Pourquoi ne peux-tu pas accepter cela ?

— D'accord, dit-elle timidement. Si tu me forces.

Je ris. Posant mon front contre le sien, je dégage une mèche de cheveux derrière son oreille.

— Honnêtement, je pensais que tu allais me donner un million parce que tu donnais un million à Zander.

— Un million, tu aurais accepté, mais moins d'un quart de cela c'est trop ?

Parfois, je n'arrive pas à comprendre comment fonctionne son esprit.

— Non, je veux juste dire que c'était la première pensée qui m'est venue, et j'ai paniqué. Et puis quand tu as dit deux cent mille, c'était toujours trop.

Je presse mes lèvres contre les siennes, mes mains sur ses hanches, la soulevant sur mon bureau.

— C'est ce que tu voulais, n'est-ce pas ? dis-je, guidant Clare sur le dos.

— Oui, mais on peut simplement monter dans ta chambre ? Ce garde que tu as engagé peut probablement nous entendre, et franchement, je ne suis pas intéressée par le voyeurisme.

— C'est dommage. Ça aurait pu être plus pimenté, et on aurait pu lui offrir un spectacle.

— Un spectacle qui finirait sur internet.

Elle me frappe l'épaule et se redresse.

— Non, il a signé un accord de confidentialité. Je suis sûr qu'il sait que je le poursuivrais en justice, et qu'il ne serait jamais embauché ailleurs.

J'ai la réputation d'être dur mais équitable.

Elle descend du bureau, et nous ramassons les fichiers et les dossiers par terre pour les empiler de manière désordonnée sur le bureau. Ça va être une horreur à gérer demain au travail. Clare prend un dossier, et la lettre de l'avocat en tombe gracieusement par terre.

Je la ramasse.

— C'est le courrier que nous prévoyons d'envoyer à ton ex.

Je la laisse le lire, en attendant son avis.

— C'est bien. Il pensera qu'il a gagné à la loterie avec le type d'offre que tu fais.

— Tu ne trouves pas que c'est trop peu ? demandé-je.

Non pas que je veuille donner un sou à ce salopard, mais je n'ai pas d'autre choix.

— Un million de dollars ? Il serait fou de ne pas accepter.

Je la fixe. Sans cligner des yeux.

Elle rit.

— C'est bon. Il acceptera. J'ai été mariée avec lui pendant six ans. Je le connais suffisamment bien pour juger qu'il acceptera l'offre. C'était un profiteur, il a toujours aimé l'argent plus que moi.

Elle fait une pause et ses yeux fléchissent.

— Qu'est-ce qui ne va pas ?

— Il sait que je travaille pour toi. Ce n'est pas un secret que tu es milliardaire. Je me demande si c'était en quelque sorte son but ultime depuis le début. Essayer d'obtenir un énorme paiement.

Je change inconfortablement de position à sa remarque.

Zander aurait pu s'en prendre à Amelia ou à Clare pour obtenir une rançon et obtenir bien plus d'un million de dollars. C'est une autre raison pour laquelle je ne peux pas laisser cela se transformer en chantage.

— À quel vitesse devra-t-il quitter la ville ? demande Clare.

— Quelques heures s'il veut le paiement complet.

— Ça ne lui laisse pas beaucoup de temps pour faire ses bagages, dit-elle en réfléchissant.

— Il peut acheter de nouveaux meubles. Je veux qu'il parte.

Elle n'a aucune idée à quel point je veux que tout cela soit derrière nous. Et je déteste lui mentir. Mais quel choix ai-je ?

—Il m'a tourmentée, terrorisée, et il est récompensé pour son comportement. Ce n'est pas juste, loin de là. On pourrait déchirer ça, et nous trois pourrions aller quelque part de chaud, comme Hawaï ou les Caraïbes. Tu ne peux pas travailler de n'importe où ? Ou on pourrait acheter un hôtel dans une de ces destinations exotiques et le gérer nous-mêmes.

Un sourire effleure mon visage.

— Amelia va à l'école, et aussi délicieuse que soit cette idée, c'est chez nous. Je te promets, il ne te dérangera plus jamais, dis-je, plongeant mon regard profondément dans le sien.

— J'espère que tu as raison, dit-elle avec un soupir lourd.

Je passe doucement ma main dans son dos en cercles doux et apaisants.

— Je ferais n'importe quoi pour toi. J'espère que tu le sais.

— Je le sais, dit-elle en riant nerveusement.

— Quoi ? demandé-je, curieux de voir pourquoi elle a les joues rouges.

— Rien.

Elle sourit et ferme les yeux en pinçant les lèvres. Elle ressemble à Amelia, jeune, insouciante, sans souci dans le monde. Je sais que nous avons un long chemin devant nous, mais avec Clare, je fais confiance en le fait qu'elle ne brisera pas mon cœur, et je sais que je ne briserai jamais le sien.

ÉPILOGUE

CLARE

Un an plus tard

— Papa, est-ce que je peux nager avec les dauphins ? demande Amelia alors que nous sommes installés sur la plage à Hawaï.

Le ciel est lumineux et ensoleillé, l'air est chaud mais pas assez pour que je plonge déjà mes pieds dans l'eau. Je me prélasse dans une chaise de plage, un livre dans les mains, mais mon attention n'est pas sur le roman.

Je ne peux pas m'empêcher de fixer Levi.

Il se lève. Son short de bain mouillé colle à son corps et l'eau goutte de ses jambes. Il a bronzé pendant les deux premières semaines de nos vacances, et nous avons encore deux semaines de planifiées pour passer d'Hawaï à Kauai, où c'est plus isolé et moins fréquenté.

Je ne sais pas trop comment Amelia va le prendre, mais Levi insiste sur le fait qu'il a planifié des randonnées et des journées à la plage pour nous.

— Viens ici !

Il attrape Amelia et la soulève dans les airs au-dessus de sa tête comme si elle était Supergirl pendant qu'il court joyeusement vers l'océan.

— Ne me lâche pas ! glousse-t-elle alors que les premières vagues atteignent ses jambes.

— Fais attention ! crié-je de ma chaise de plage.

Elle n'a pas peur de l'eau, et j'aimerais que cela ne change pas.

Levi amène Amelia au niveau de l'eau, et elle crie et rit, probablement à cause du changement de température. Bien que l'eau ne soit pas glaciale, cela prend quand même quelques secondes pour s'y habituer. Ce n'est pas de l'eau de bain.

Quelques mois avant notre voyage, Levi a inscrit Amelia à des cours de natation. Elle avait déjà suivi des cours basiques par le passé ; elle savait flotter, mais elle n'était pas à l'aise avec son visage mouillé. Cela a donné un bon point de départ à l'instructeur.

Maintenant, la petite veut nager avec les dauphins. Je jette un coup d'œil à mon livre et je réalise que je ne pourrai pas continuer ma lecture tant qu'ils seront dans l'océan Pacifique.

Je me lève, enlève mes lunettes de soleil et les abandonne sur la chaise de plage avec mon livre, puis je me dirige vers l'eau.

Je n'arrive pas à croire que cela fait un an que j'ai commencé à travailler comme nounou d'Amelia. Elle a beaucoup grandi, à peine reconnaissable.

Nous avons tous changé.

Et il y a eu des changements tout autour de nous.

Je suis toujours à la maison avec Amelia, mais c'est parce que je veux être avec elle. Il n'y a personne d'autre, à part bien sûr Levi, en qui j'aurais confiance pour notre fille.

Bien que légalement, Levi soit son tuteur, je la considère comme ma propre fille. Je donnerais ma vie pour elle et pour son père. Et je refuse de prendre son argent, même s'il ne m'écoute pas. Il a ouvert un compte séparé et y met régulièrement de l'argent pour moi.

Je plaisante en disant que je suis une femme entretenue, et il grogne toujours en disant que j'ai raison. Il me garde pour lui. Personne d'autre n'a intérêt à me regarder de près.

J'apprécie aussi de ne pas avoir à cacher notre relation à Amelia. Elle était à cent pour cent d'accord pour que nous sortions ensemble. Maintenant, elle demande constamment si elle peut être demoiselle d'honneur si nous nous marions.

Un jour.

Quand nous serons tous les deux prêts.

Je n'aurais jamais pensé voir le jour où j'aurais envie de sortir à nouveau avec quelqu'un ou de me marier. Mais avec Levi, tout est différent de ce que c'était avec Zander. Mais je ne veux toujours pas précipiter les choses.

Levi a détruit les murs autour de mon cœur, et je sais que quand il fera sa demande, je dirai oui.

Ou si ce n'est pas lui, peut-être que je le surprendrai et que je lui ferai la demande.

Connor a été renvoyé de la direction du Luxenberg. Il travaille toujours pour l'entreprise ; Levi insiste pour dire que s'il touche un salaire, il doit travailler. À la place, Connor est au bureau, travaillant sous les ordres de son frère et s'occupant des commandes de produits pour les chaînes d'hôtels, comme les shampoings, les après-shampoings, les savons. Ce n'est pas aussi luxueux que ça en a l'air.

— Clare ! s'écrie Amelia en agitant la main pour me saluer lorsque je la rejoins en avançant vers eux.

Je me précipite dans l'eau, laissant les gouttes me mouiller pour m'habituer au froid.

Après quelques secondes, l'eau fait du bien comparée au soleil brûlant sur ma peau. Mon visage est chaud. Je suis probablement aussi rouge qu'un homard, mais Levi m'a bien mis de la crème solaire, plusieurs fois. Ses mains ont toujours traîné un peu plus longtemps que nécessaire sous le regard innocent d'Amelia.

— Tu nous as rejoints, dit Levi, rayonnant alors qu'il se tient sur le banc de sable.

Nous ne sommes pas loin, mais l'océan descend puis remonte. Cette plage est parfaite pour nager, avec des rives douces et sablonneuses, contrairement à quelques endroits que nous avons explorés plus tôt, qui se sont avérés être de plaisants enclaves pour la plongée en apnée mais pas géniaux pour se prélasser sur le sable.

— Papa.

Amelia nage vers Levi et enroule ses bras autour de son cou.

Il lui tient la taille, l'aidant à rester à la surface de l'eau. Bien que ce ne soit pas profond pour nous, c'est quand même au-dessus de sa tête si elle se tient debout.

— Je te tiens, dit Levi. Il ne vous arrivera rien, à vous deux.

Il me fixe droit dans l'âme, et je sais qu'il pense chaque mot.

Il m'a protégée de Zander. L'offre envoyée par l'avocat à mon ex-mari a suffi à le faire remplir son sac de cabine et à déménager au Mexique.

Mais je ne peux m'empêcher de soupçonner qu'il se passait peut-être quelque chose d'autre en coulisses. Mais Levi jure qu'il n'a fait que payer Zander pour qu'il parte. Cela semble trop facile, mais il m'a assuré que nous étions en sécurité.

C'est comme si un poids avait été levé, et je peux enfin respirer à nouveau.

— Papa.

La voix d'Amelia est chantante, douce et joyeuse.

— Est-ce que je peux avoir une petite sœur ?

— Tu dois poser cette question à ta maman, dit Levi avec un sourire grandissant.

— Alors ? demande Amelia, les yeux grands ouverts.

Le fait que Levi n'ait pas dit non signifie apparemment oui.

Mes yeux s'écarquillent.

— Est-ce que tu lui as dit de me demander si elle peut avoir une petite sœur ? demandé-je en pinçant Levi.

— Aïe ! s'exclame-t-il en riant, en me projetant de l'eau. Non !

— Elle n'a pas appris ça toute seule. Si tu veux un bébé, il te suffit de demander.

Je le fixe, en souriant.

— Je veux une petite sœur ! déclare Amelia.

Je presse un baiser sur sa joue, puis un sur les lèvres de Levi. C'est doux et tendre, une promesse de choses à venir plus tard, ce soir, pendant que nous serons ensemble au lit.

— On peut faire une petite sœur ? demande Levi, ses joues rougissant alors qu'il penche la tête, ses yeux bleus et ses longs cils volant mon cœur.

— Et si c'est un garçon ? demandé-je, en souriant.

— Eh bien, je suppose qu'on devra réessayer.

Il rit et presse un baiser sur mon front.

— Je t'aime tellement.

— Je t'aime aussi.

CONCOURS, LIVRES GRATUITS ET PLUS DE CADEAUX

J'espère que vous avez apprécié Le Milliardaire Grincheux et que vous avez aimé l'histoire de Levi et Clare.

Inscrivez-vous à ma newsletter Willow Fox

Si vous avez apprécié Le Milliardaire Grincheux, prenez un moment pour laisser un avis. Les avis aident les autres lecteurs à découvrir mes livres.

Vous ne savez pas quoi écrire ? Ce n'est pas un problème. Ce ne doit pas nécessairement être long. Vous pouvez raconter comment vous avez découvert mon livre : est-ce qu'un ami ou un club de lecture vous l'a recommandé ? Faites savoir aux lecteurs qui est votre personnage préféré ou ce que vous aimeriez voir se passer ensuite.

Merci de votre lecture ! J'espère que vous envisagerez de vous inscrire sur ma newsletter pour recevoir des livres gratuits, des promotions, des cadeaux et des informations sur les nouvelles parutions.

A PROPOS DE L'AUTEUR

Willow Fox aime écrire depuis qu'elle est au lycée (il y a bien longtemps). Ses romances de petite ville reflètent la vie dans une petite ville de l'Amérique rurale.

Qu'elle écrive des romances ou qu'elle s'assoie près d'un feu de camp pour lire un bon livre, Willow aime la magie des mots écrits.

Elle rêve d'être transportée et espère le faire pour ses lecteurs !

Visitez son site Web à l'adresse suivante :

https://authorwillowfox.com

Frères Bratva

Boss Brutal

Boss Vicieux

Boss Possessif

Boss Obsessif

Père, célibataire et autoritaire

Le Milliardaire Grincheux